BRENHINE

D. G. Merfyn Jones

GOMER

Argraffiad Cyntaf - 1992

ISBN 0 86383 920 7

ⓗD. G. Merfyn Jones

Dymuna'r cyhoeddwyr gydnabod cymorth Adrannau'r Cyngor
Llyfrau Cymraeg

Argraffwyd gan
J. D. Lewis a'i Feibion Cyf., Gwasg Gomer, Llandysul, Dyfed

Noson loergan oedd hi a'r llwybr i Nenglo yn dirwyn fel ruban i fyny'r bryn cyfagos. Islaw inni ar y dde clywem sisial afon Jiri o'r golwg yn y cwm coediog. Ar y chwith, roedd clogwyni syth yn codi o afon Jenam. Rhedai'r llwybr ar hyd y trumiau rhwng y ddwy afon; yn wir, dyma'r unig fan lle y gellid gwneud llwybr—roedd y llethrau ar y naill ochr a'r llall mor serth a'r prysgwydd mor drwchus, fel y byddai'n anodd hyd yn oed i'r Nagas neu'r Cwcis, trigolion gwydn y bryniau hyn, Bryniau'r Barail, deithio drwyddynt.

Gwaith diflas oedd gennym heno, Williams a minnau a'r dyrnaid milwyr Gwrca—gwylio'r llwybr oedd yn mynd o Nenglo i Hangrum a gofalu nad oedd neb yn mynd trwodd i gyfeiriad Nenglo. Roedd Cyrnol Adams, ein pennaeth yn y Garsiwn yn Hangrum, yn bwriadu gwneud cyrch ar Nenglo drannoeth ac yn benderfynol na châi dim si amdano dreiddio i glustiau pobl Nenglo.

Roedd y Nagas wedi codi mewn gwrthryfel yn erbyn Llywodraeth Brydeinig yr India ac yn erbyn eu hen elynion, y Cwci; dyna pam yr oeddem ni a'r milwyr eraill ar Fryniau'r Barail. Nid gorchwyl hawdd oedd rhoi pen ar y gwrthryfel a dal a chosbi'r arweinwyr. Roedd y tir mor wyllt a'r Nagas yn gwybod am bob cilfach a chraig ynddo fel nad oedd dim dichon cael gafael ar y gwrthryfelwyr; llithrent ymaith o olwg y milwyr fel drychiolaeth yn diflannu mewn niwl.

'Welwn ni neb ar y llwybr 'ma heno, gei di weld,' meddai Williams, gan gnoi coes ei getyn di-dân. Doedd wiw iddo danio'i getyn; fe ddôi'r holl wlad i wybod ein bod yn cuddio yno o gael un chwiff o fwg baco cryf Williams!

'Rydw innau'n amau'n fawr ddaw 'na undyn heibio i ni,' atebais innau. 'Ond mi welais ambell noson pan oedd

hi fel Picadili ar y llwybr yma—hogiau ifainc yn mynd i
garu i bentre arall, helwyr yn dychwelyd o helfa hwyr a
phobl dan eu baich yn brysio i'r farchnad i Mahur neu
Maibang i gyrraedd yno'n fore cyn i bobl y Gwastadedd
fachu'r safleoedd gorau yn y basâr.'

'Mi glywais mai gwaith peryglus ydi busnes y caru 'ma
mewn pentre diarth,' sylwodd Williams. 'Faswn i ddim yn
cymryd y byd am fentro'n llechwraidd i mewn i bentre
Naga diarth yn y nos, heb sôn am geisio mynd i mewn i'r
lewseuki,* tŷ'r genethod, hyd yn oed petai gen i eneth yn
barod i agor y drws imi. Er bod pob llanc Naga ifanc yn
cario gwaywffon, fyddai hi fawr o ddefnydd iddo fo petai
o'n cael ei ddarganfod yn tresmasu yn nhŷ'r merched
mewn pentre diarth. Fe gâi glamp o gweir o leia!'

'A chofia di fod 'na ddraig o ddynes yn gweithredu fel
metron yn y *lewseuki* fel rheol. Mi fasa'n well gen i wynebu
byddin o lanciau arfog na wynebu honno!' meddwn innau.
'Ond prin y bydd neb o'r llanciau allan ar berwyl serch y
nosweithiau hyn. Mae pob pentre Naga fel caer arfog.
Fyddai'r un copa walltog yn medru mynd i mewn i bentre
heb i'r gwylwyr ei weld.'

Roedd hi'n rhyfeddol o ddistaw heno. Gwyddwn fod y
jyngl o'n cwmpas yn gyforiog o fywyd, ond doedd dim
smic o sŵn i'w glywed ac eithrio sisial yr afon a thinc
metalig undonog y cobra du mawr o'r llethr islaw. Doedd
hyd yn oed peswch nerfus y carw bach ddim i'w glywed
heno. Roedd hedd dwfn ar bob llaw inni.

'Glywi di'r neidr 'na'n canu'i ffliwt?' gofynnodd
Williams, 'Rydw i'n falch nad ydw i'n gorfod straffaglu
trwy'r jyngl lle mae hi, peth siŵr ydi o!'

'Hwyrach nad cobra go-iawn sydd 'na, Williams, ond
Gaidilŵ. Mae'r Nagas yn mynnu bod eu harweinydd
nhw'n medru newid ei ffurf fel y mynnith hi; weithiau mae
hi'n arth ac weithiau'n llewpard du ac weithiau'n neidr.'

---

*gweler yr eirfa ar dud. 139/140

'Lol botes!' meddai Williams yn wawdlyd.' Pwy glywodd am neb yn medru newid ei ffurf a throi'n anifail?'

'Mae llên gwerin sawl gwlad yn sôn am yr union beth,' meddwn innau. 'Dwyt ti 'rioed wedi clywed sôn am *were—wolf* dyn sy'n medru troi'n flaidd wedi nos?'

'Rwdl noeth!' oedd adwaith Williams. 'Ac yn yr achos yma, chwedl y mae Gaidilŵ ei hun wedi'i llunio i droi pennau'i dilynwyr ofergoelus! Dyna sut mae hi'n medru cadw'i gafael arnyn nhw; gwneud iddyn nhw gredu bod ganddi hi alluoedd goruwchnàturiol.'

Ar y gair, dyma Nain Singh, *Hafildar* y Gwrcas, yn cropian i'r fan lle'r oedd Williams a minnau'n cuddio, i sibrwd fod nifer o bobl yn dod ar hyd y llwybr o Nenglo i gyfeiriad Hangrum. Â phobl oedd yn teithio'r ffordd arall yr oedd â wnelom ni, ond tybiais mai gwell fyddai inni gael golwg ar y rhain hefyd i weld ar ba berwyl yr oedden nhw yr adeg hon o'r nos.

'Pedwar o bobl sydd yna, *Sahib,'* meddai Nain Singh mewn Hindwstani. Tri mewn oed a babi. Dydw i ddim yn meddwl mai Gaidilŵ ydi'r un ohonyn nhw.'

'Mi gawn ni weld,' atebais innau. 'Ond does dim angen i ni i gyd ddangos ein hunain. Mi ddaw Bahadur a Ram efo fi; y gweddill ohonoch chi i aros yn eich cuddfan efo Sarjant Williams. Ond cadwch eich gynnau arnyn nhw— rhag ofn iddyn nhw gychwyn rhywbeth. A chofiwch, does yr un ohonyn nhw i ddianc yn ôl i Nenglo beth bynnag ddigwyddith.'

Safodd Bahadur a Ram a minnau ar y llwybr agored i ddisgwyl am y pedwar Naga. Roedd golau'r lloer mor llachar fel y buaswn wedi medru darllen papur newydd wrtho. Gwelwn ymhell cyn iddynt gyrraedd mai hen ŵr a hen wraig a gwraig ganol oed â phlentyn yn cysgu mewn lliain ar ei chefn oedd y teithwyr. Roedd yr hen ŵr yn gloff iawn, yn amlwg wedi troi ei ffêr. Ar wahân i hynny doedd dim yn arbennig ynglŷn â'r pedwar.

Safai'r tri o'n blaen a'r plentyn yn dal i gysgu'n drwm yn y lliain ar gefn ei fam. Roedd ffêr yr hen ŵr wedi chwyddo'n fawr ac roedd ganddo daith hir i gyrraedd Hangrum. Amneidiais arno i eistedd ar fin y llwybr, a mynd i'm pac a thynnu allan baced o *permanganate;* mater munud oedd rhoi crisial pinc neu ddau yn llyn bas y nant gerllaw a pheri i'r hen ŵr roi ei droed yn y dŵr. Diflannodd y chwydd bron ar unwaith, er mawr syndod i'r Nagas. Ar ôl gorffwys am oddeutu deng munud, cododd y tri i fynd yn eu blaenau a'r plentyn yn dal i gysgu. Trodd yr hen wraig lygaid mawr du arnaf, llygaid trawiadol o dlws, a murmur *'Asuîda'*—'Diolch'—yn iaith y Zeme Naga.

'Wyddost ti be, Dafydd?' meddai Williams pan ddychwelais i'r guddfan (Dafydd oedd Williams yn fy ngalw pan nad oedd milwyr Seisnig o gwmpas; Lefftenant Jones oedd f'enw pan oedd angen bod yn ffurfiol), 'rydw i'n credu fod gen ti ffordd gyda'r bobl 'ma. Rwyt ti wedi gwneud ffrind am oes o'r hen frawd yna heno, ac o'i wraig o a'r ddynes arall hefyd!'

'Wel mae'r Nagas yn ddynion hefyd, yn tydyn nhw?' oedd fy ateb. 'Digwydd bod yn elynion i ni ar y foment maen nhw. Hwyrach mai nhw fydd ein cyfeillion penna ni yn y wlad 'ma ymhen blynyddoedd i ddod.'

Welson ni 'run enaid byw ar y llwybr am weddill y nos. Cawsom i gyd gyntun ac eithrio'r rhai oedd ar wyliadwriaeth, dau ar y tro.

Fore trannoeth yn blygeiniol, deffrôdd un o'r Gwrcas fi i'm hysbysu fod mintai o filwyr yn dod o gyfeiriad Hangrum. Y Cyrnol Adams ei hun oedd yno gyda'r milwyr. Roedd cwpanaid o de cryf yn ei ddisgwyl pan gyrhaeddodd; wnâi o ddim aros, dim ond llyncu paned a holi oedd rhywun wedi teithio ar hyd y llwybr yn ystod y nos.

'Naddo,' atebais, 'neb o bwys—dim ond hen ŵr a hen wraig a'u merch a'i babi.'

'Reit,' meddai Adams, 'arhoswch chi a'ch Gwrcas yma a dal i wylio rhag ofn i haid o Nagas o Hangrum ddod ar ein gwarthaf ni, tra byddwn ni'n gwneud cyrch ar Nenglo.'

Felly y bu. Arhosodd ein cwmni bach ar fin y llwybr hyd hanner dydd, a bwyta cinio o reis a physgod oer a dŵr o'r nant gerllaw.

Hwyrach y byddai'n well i mi esbonio sut y digwyddodd i ddau hogyn o gefn gwlad Gwynedd fod yn y fyddin yn y rhan ddiarffordd hon o'r India. Ewythr i mi o'r enw Eisac Jones oedd gwreiddyn y drwg. Roedd o wedi bod allan yn yr India yn y fyddin ac wedi gwirioni ar y wlad. Fo lanwodd fy mhen i â straeon am yr India nes oeddwn i'n breuddwydio am rajas barfog tywyll efo plasau ar ben bryniau gwyrddlas a'u toeau nhw'n diferu o aur ac am fyddinoedd o sipois ar gefn eliffantod oedd â'u talcennau yn blaster o emau. (Soniodd o ddim fod 'na gannoedd o drueiniaid ar lwgu yn byw yn slymiau Calcutta am bob raja cyfoethog oedd yno. Soniodd o ddim chwaith am y llwch a'r chwys a'r drewdod a'r carthffosydd agored a'r cardotwyr diddiwedd yn eich plagio chi a'u *'ma-bap'* trwynol, yn hawlio mai chi yw eu 'tad-a-mam' am eich bod chi'n wyn ac fod gennych chi felly gyfrifoldeb arbennig amdanyn nhw; fel petai'r Prydeinwyr wedi tadogi pob mwnci di-gynffon yn y wlad.)

Wedyn mi gefais afael ar gopi o weithiau Kipling. Mi ffolais yn lân ar 'Y Ferch o Mandalay' a 'Gunga Din' a llwyddo i fenthyca copi o *Kim*. Mewn dim amser rown i'n medru'r darnau mwyaf amrwd ar dafod leferydd. Roeddwn i wedi fy nghael i'r rhwyd go-iawn wedyn; doedd na byw na marw na chawn i fynd allan i'r India. A chyn imi fod yn hanner digon hen i wybod fy meddwl fy hun, roeddwn i'n martsio ar hyd cledr lychlyd 'y *Great North Road*' yn lifrai'r fyddin Brydeinig.

Roedd Williams a minnau'n hen bartnars, er ei fod o rai blynyddoedd yn hŷn na fi, wedi'n magu yn yr un pentref a'n gwreiddiau'n ddwfn yn ardal y Dyffryn. Hen lanc solet oedd Williams, nid o ddewis, ond o swildod. Fe geisiodd genethod y pentref ei 'dynnu fo allan' ond byddai Williams yn mynd yn goch fel moronen a'i organau llefaru fo'n mynd ar streic pan fyddai merch yn ceisio'i drin o fel gwrthrych serch. Ond rhaid imi ddweud, doedd mo'i well o fel milwr ac fel sarjant. Roedd o'n gryf fel arth ac yn un yr oedd y dynion dan ei ofal yn ei edmygu. Gwaith hawdd fu imi ei berswadio i ymuno â'r lluoedd. Cyfnod llwm oedd hi am waith a doedd ganddo, mwy na minnau, ddim obadeia beth oedd arno eisiau ei wneud mewn bywyd ar ôl gadael yr ysgol ac roedd o, fel finnau'n awyddus i weld y byd.

Nid ar chwarae bach y llwyddais i drefnu fod Williams a minnau'n cael bod gyda'n gilydd yn y fyddin a'n bod ni'n cael mynd i'r India. A dweud y gwir, f'ewythr oedd yn rhannol gyfrifol am hynny hefyd. Ysgrifennodd at ei hen gyrnol, a oedd bellach wedi ymddeol ond yn dal i 'gario pwysau', i grefu arno 'roi gair i mewn' ar ein rhan.

'Lwc mul,' chwedl Williams, oedd ein bod ar ôl cyfnod o wasanaeth yng nghanolbarth India, wedi cael ein gyrru'n rhan o fyddin fach i chwalu gwrthryfel Gaidilŵ ar Fryniau'r Barail. Ys dywedai Williams:

'Mae hi'n dipyn brafiach bod yn awel iach y bryniau rhagor bod yn stiwio ym mhopty'r Gwastadedd a dim digon o awel i lenwi swigan yn chwythu arnoch chi!'

'Beth am y peryglon, Williams?' gofynnwn innau. 'Beth am yr eirth a'r llewpardiaid duon a'r cobra du mawr sydd ar y Bryniau 'ma a beth am y gelod sy'n glynu rhwng bysedd dy draed ti ac yn 'nelu am dy gwd di?'

'Mi gei'r rheini ar y Gwastadedd hefyd i ryw raddau,' oedd ei ateb parod. 'Ac mae'n siŵr 'i bod hi'n fwy peryglus ar strydoedd Calcutta a Delhi efo'r dreifars Indiaidd yn ceisio siafio dy fwstás di wrth basio, heb sôn am y gwybed sy'n troi dy waed ti'n sur a hau twymyn ynddo fo, nag ydi hi ar Fryniau'r Barail.'

Byddem yn dadlau'n ddiddiwedd oedd hi'n deg i'r

fyddin ymyrryd yng nghwerylon y llwythau anwar oedd yn byw ar Fryniau'r Barail. Tueddem fel Cymry i ochri gyda'r llwythau er ein bod ni'n perthyn i'r fyddin. Fel y dywedai Williams.

'Chwarae teg! Pa siawns sydd gan bobl fel y Cwcis a'r Nagas sy'n byw yn oes yr arth a'r blaidd, yn erbyn byddin broffesiynol gyda'i harfau modern? Mae'r peth fel saethu broch mewn cwd!'

'Paid ti â bod yn rhy ddibris o allu'r Nagas 'ma fel rhyfelwyr,' atebwn innau. 'Maen nhw'n bur fedrus efo'u gwaywffyn hir a'r *dao* bondigrybwyll. Ac er bod eu gynnau nhw'n brin ac yn perthyn i oes yr arth a'r blaidd, synnwn i ddim na fasan nhw'n sgorio'n well efo nhw na'n Sikhiaid ni. Ac, wedi'r cwbwl, waeth iti gael dy ladd gan fwled-cartre mwy na chael dy ladd gan un o wn otomatig.'

Diwedd y ddadl bob tro fyddai i'r ddau ohonom gytuno y byddai'n well gennym ymladd ar ochr y Nagas cyntefig na chyda Sikhiaid a Saeson y fyddin. Ond doedd y cwestiwn ddim yn codi; roeddem yn aelodau o'r fyddin, wedi cymryd y swllt Prydeinig a'n gwaith oedd hwyluso buddiannau Prydain yng nghoedwigoedd y Barail.

'Maen nhw'n siŵr o fod wedi cymryd meddiant o Nenglo bellach,' meddwn wrth Williams. 'Fydd dim peryg o gyfeiriad Hangrum mwy. Mi awn ni ymlaen i Nenglo. Mae'n siŵr fod y Cyrnol yn disgwyl ein gweld ni yno erbyn hyn.'

Cytunodd Williams a rhoddodd orchymyn i'r Gwrcas hel eu paciau i ni gael cychwyn. Ffwrdd â ni wrth ein pwysau wedyn ar hyd y rhimyn llwybr. Roedd y coed ar bob ochr inni'n codi'n gawraidd o'r ochrau serth a thuswu o degeirian piws yn nythu yma ac acw yn y canghennau, yn llawer rhy uchel i ni fedru eu cyrraedd. Gan ei bod hi'n tynnu am hanner dydd roedd y rhan fwyaf o greaduriaid y wig yn swrth ac o'r golwg yn y perthi, ond fe welsom sofliar at faint ceiliog-dandi yn croesi'r llwybr agored yn fawreddog-falch gan arwain tres o gywion tu ôl iddi, fel

11

tyn-fad yn tywys llinyn o gychod bach. Fe fu bron iddi hi a'i thylwyth fynd yn swper i'r Gwrcas. Fi rybuddiodd y dynion i adael llonydd iddi rhag creu trwst a thynnu sylw unrhyw elyn cudd atom.

Gwelsom hefyd haid o epaod rhyw bedair troedfedd o daldra yn brysur yn gwthio rhyw ffrwyth blasus anhysbys i mewn i'w safnau heb roi mwy na chip arnom wrth basio.

'Gwell inni adael llonydd i'r rhain, cyn belled ag y cawn ni lonydd ganddyn nhw,' meddai Williams. 'Rydw i wedi clywed am rai o'r bechgyn fu'n ddigon annoeth i daflu pethau at fwncïod yn y jyngl. Y canlyniad oedd i'r mwncïod ddechrau taflu pethau'u ôl ac fe aeth yn siop siafins yno; roedd y mwncïod yn taro'u nod bob tro!'

A heibio iddynt yr aethom gan geisio peidio â denu eu sylw.

Roedd Nain Singh yn cerdded ochr yn ochr â Williams a minnau ar y llwybr. 'Ddywedodd y Cyrnol rywbeth wrthoch chi am derfysg yn Hangrum neithiwr?' gofynnodd yn sydyn.

'Naddo. Pam? Beth ddigwyddodd yno?' gofynnais innau.

'Rhywun yn taro gong fawr y pentre tua dau o'r gloch y bore nes deffro pawb trwy'r lle,' meddai'r *Hafildar*. 'Roedd y *Subedar* oedd efo'r Cyrnol yn siŵr eu bod nhw'n rhoi rhybudd trwy guro'r gong fod y Cyrnol am ymosod ar Nenglo heddiw. Mi wyddoch fod sŵn y gong fawr i'w glywed am filltiroedd yn awyr denau'r Bryniau.'

'Ond sut y byddai Nagas Hangrum yn gwybod am y cyrch ar Nenglo?' gofynnodd Williams.

''Run fath ag y maen nhw'n gwybod am ein symudiadau ni bob tro,' oedd ateb y Gwrca. 'Y Gaidilŵ 'na! Nid dynes ydi hi ond duwies! Mae hi'n medru darllen ein meddyliau ni o bell.'

'Rwyt ti'n siarad fel *pagla* rŵan!' meddai Williams, 'Dim ond dyn lloerig fyddai'n ei galw hi'n dduwies. Dynes

12

o gig a gwaed ydi hi, siŵr iawn. Mi gei di weld hynny un o'r dyddiau 'ma, pan fydd hi'n sâff yn ein dwylo ni.'

Ond medrwn weld fod Nain Singh yn dal i feddwl fod rhywbeth tu hwnt i ddirnadaeth dyn meidrol ynglŷn â Gaidilŵ a'i galluoedd. A doedd dim dadl nad oedd hi wedi llwyddo i wneud cawl o gynlluniau'r fyddin dro ar ôl tro, yn union fel petai hi'n gwybod ein symudiadau ymlaen llaw.

Roedd hi'n amser te erbyn inni gyrraedd Nenglo.

'Mae hi'n dawel i fyny acw,' sylwodd Williams, fel yr oeddem yn nesáu at yr allt islaw giât fawr y pentref.

'Ydi,' meddwn innau,' Yn rhy dawel o lawer i'm plesio i. Hwyrach y byddai'n well inni yrru rhywun i weld beth ydi cyflwr pethau cyn mentro i mewn.'

Gorchmynnais i Bahadur fynd i edrych beth oedd y sefyllfa ac adrodd yn ôl imi. Roedd Bahadur yn hen law ar symud yn y jyngl. Medrai sleifio o fewn llathen i anifail gwyllt heb i hwnnw synhwyro fod neb yno.

Llithrodd i mewn i'r drysi trwchus. Gwyddwn y byddai'n mynd tu draw i'r pentref i gael golwg arno oddi ar dir uwch.

Eisteddodd y gweddill ohonom yng nghysgod coeden dewfrig i wylio'r pentref a disgwyl Bahadur yn ôl. Buom yn disgwyl am hydion. Dim sôn am Bahadur. A dim smic o'r pentref chwaith, dim hyd yn oed gyfarthiad ci.

Penderfynais ei bod yn bryd i ninnau symud. Ciliodd ein mintai fach i gysgod y jyngl a gwthio'n ffordd yn ara' deg rhwng y bambŵ i fyny'r allt uwchlaw Nenglo. Yn sydyn daeth chwibaniad isel oddi wrth Ram, a oedd ar flaen y fintai. Roedd o wedi dod o hyd i gorff llipa Bahadur â llafn bambŵ miniog trwy ei galon. Roedd Bahadur druan wedi cyfarfod â rhywun a oedd yn fwy o feistr ar deithio'n llechwraidd trwy'r jyngl nag ef ei hun! Aethom ymlaen yn fwy gofalus fyth; doedd dim smic i'w glywed wrth inni blygu'r bambŵ gwyrdd i fynd trwodd. Synnwn fod

13

Williams, a oedd yn llabwst mawr trwm, yn medru symud mor ddistaw trwy'r llenni deiliog.

Cymerodd o leiaf hanner awr inni gyrraedd y llwybr uwchlaw Nenglo. Medrem weld rhan o'r pentref o'n cuddfan ar ochr y bryn. Doedd dim argoel o fywyd i'w weld yno ac eithrio un mochyn llwyd oedd yn turio yn y glaswellt islaw un o'r tai a hanner dwsin o ieir tila.

Yn sydyn gwelsom hen ŵr o lwyth y Naga yn dod i lawr i gyfeiriad y pentref. Amneidiais ar Nain Singh i fynd i'w ddal.

'Paid â'i ladd!' meddwn, 'Tyrd â fo i'r jyngl i ni gael ei holi.'

Ymhen ychydig eiliadau roedd yr hen ŵr yn ein dwylo a chadach wedi'i glymu dros ei geg rhag iddo fedru gweiddi rhybudd.

'Mi awn ni â fo i lecyn mwy addas i'w holi,' meddwn. 'Gofyn iddo fo ble mae caeau reis y pentre. Mi fydd 'na ryw fath o adeilad fan honno, a fydd 'na neb ynddo fo bellach, siawns. Mae'r cynhaea reis drosodd ers tro.'

Roedd yr hen frawd yn ddigon parod i'n harwain ni cyn belled â'r caeau reis, oedd daith milltir o'r pentref. Yno, fel y tybiwn, roedd mwy nag un tŷ-dros-dro—tai oedd yn cael eu defnyddio i letya'r pentrefwyr adeg y cynhaeaf, tra oedden nhw'n gwylio'r reis aeddfed a'i warchod rhag mwncïod a cheirw a moch gwyllt. Roedd pob un o'r tai yn prysur ddadfeilio. Dewisais y gorau ohonynt a dygwyd yr hen ŵr iddo i'w holi.

Doedd o ddim yn barod iawn i roi gwybodaeth inni, ond llaciwyd ei dafod yn y diwedd gan fygythiadau Nain Singh a'i gyllell finiog.

Roedd pobl Nenglo yn gwybod am y cyrch arnynt ymlaen llaw yn ôl yr hen ŵr. Roedden nhw wedi trefnu i adael y pentref yn wag ac eithrio ychydig o hen bobl a phlant. Y cynllun oedd i un o'r rhain addo arwain y milwyr i'r fan lle'r oedd byddin y pentref yn cuddio yn y jyngl i'r milwyr fedru rhuthro ar y llanciau Naga yn ddisymwth.

Ond cynllwyn oedd hyn i gyd. Roedd y rhan helaethaf o lanciau ifainc Nenglo i lawr yng nghyffiniau Baladon, ymhell i ffwrdd. Fe ddilynodd y *Sahib* a'i Sikhiaid eu harweinwyr i'r jyngl heb sylweddoli fod pyllau yn llawn o bicelli bambŵ miniog a haen o dywyrch drostynt wedi eu paratoi ar eu cyfer. Roedd gwŷr Adams yn rhy wyliadwrus o'r perygl i rywun ruthro arnynt o'r jyngl o'u cwmpas i feddwl am fod yn ofalus ble'r oedden nhw'n gosod eu traed ac o ganlyniad fe syrthiodd y mwyafrif ohonynt i'r pyllau ar y bambŵ miniog ac fe wthiwyd y gweddill neu gael cyllell yn eu cefnau tra oedden nhw'n ceisio osgoi'r pyllau. Lladdwyd y dynion bob un.

'Ble mae'r pyllau yma rwyt ti'n sôn amdanyn nhw?' holai Nain Singh yr hen ŵr.

'Mi ddo i i'w dangos nhw i chi.' meddai yntau.

Dyma ddychwelyd i'r llwybr a throi i'r jyngl yn nes at Nenglo dan gyfarwyddyd yr hen ŵr, gan ddal ein gynnau'n barod. Fe fu bron i ddau o'r Gwrcas syrthio i bwll a haen o fambŵ crin drosto. Mae'n amlwg mai dyna fwriad yr hen ŵr—ein harwain ninnau i dynged debyg i'r un oedd wedi goddiweddyd y Cyrnol a'i wŷr. Ond roedd gennym ni fantais. Gwyddem beth i chwilio amdano; roeddem yn ofalus iawn wrth roi ein traed i lawr yn y jyngl twyllodrus. Talodd yr hen ŵr yn ddrud am ei ddichell. Bwriodd Nain Singh ef yn bendramwnwgl i lawr i un o'r pyllau, ac fe'i trywanwyd gan y picellau bambŵ miniog oedd yn drwchus fel pigau croen draenog ar waelod y pwll.

'Wnaiff o ddim niwed i neb mwy,' oedd sylw bodlon y Gwrca wrth boeri ar gorff diymadferth yr hen ŵr yng ngwaelod y pwll.

Roedd yr hen Naga wedi dweud y gwir. Roedd y goedwig yn y fan honno yn un rhwydwaith o byllau, a chorff y Cyrnol Adams ymhlith y cyrff eraill, bob un a sgiwer o fambŵ wedi'i drywanu. Doedd y Nagas ddim wedi cael amser i dorri pennau'u gelynion eto. Rhaid fod yr hen ŵr yn dweud y gwir pan ddywedodd fod byddin y pentref oddi cartref. Prin y medrai'r hen bobl a'r plant oedd ar ôl yn y pentref fentro i lawr i dorri'r pennau ymhlith y bambŵ miniog. Gwneid hynny'n nes ymlaen pan ddychwelai'r gwŷr ieuainc.

Ond roedd gen i rywbeth i'w ddweud ynglŷn â hynny! Os cawn i fy ffordd fe gâi cyrff y Cyrnol a'r lleill eu cludo'n barchus i Hangrum. Anfonais Ram yn ôl i Hangrum i ddweud beth oedd wedi digwydd, gyda neges i yrru byddin gref o filwyr i gyrchu'r cyrff i'w claddu neu'u llosgi. Yn y cyfamser aeth y gweddill ohonom yn ôl i'n cuddfan uwchlaw'r pentref i wylio.

Gwyddai Ram ble i gael hyd inni pan ddychwelai o Hangrum i ddweud beth i'w wneud ynglŷn â chyrff y Cyrnol a'r Sikhiaid. Rywdro ymhell wedi iddi nosi clywsom ei chwibaniad i'n rhybuddio ei fod yn ymyl.

Siomedig oedd ei neges: 'Mae Major Wilkins yn dweud nad ydi o'n werth mentro bywydau'i wŷr i deithio i Nenglo liw nos er mwyn arbed pennau Cyrnol marw a'i filwyr.'

Dyma'n fyr oedd ateb y swyddog a fyddai'n cymryd lle'r Cyrnol Adams dros dro. 'Mae o am i chi weithredu ar eich pen eich hun yn hyn, hyd y gellwch chi,' ychwanegodd Ram.

Roeddwn i'n gaclwm o'm co! Y peth lleiaf y medrai Major Wilkins ei wneud oedd gyrru milwyr i gludo corff y Cyrnol a'r lleill yn ôl rhag i'r Nagas gael cyfle i dorri eu pennau i'w gosod yn nhŷ'r dynion yn y pentref fel prawf o fuddugoliaeth.

'Mi gawn ni drafferth efo'r brych Wilkins 'na, gei di weld,' oedd sylw Williams pan glywodd y neges. 'Hen ddyn cas penstiff ydi o. Mi fyddai rhywun yn meddwl y byddai ganddo fo ddigon o barch i goffadwriaeth y Cyrnol i drefnu angladd parchus iddo fo.'

'Beth wnawn ni rŵan ydi'r cwestiwn?' meddwn innau. Trois at yr *Hafildar* a gofyn ei farn ef.

'Mae'n resyn na fyddai gynnon ni ragor o ddynion,'

16

meddai Nain Singh. 'Does dim gobaith inni fedru cludo cyrff Adams *Sahib* a'r Sikhiaid i Hangrum—mi fyddai'n gofyn cael *slings* a mulod i hynny. Ond mi fedrwn ddial ar Nenglo am yr anfadwaith. Wir, mae gynnon ni gyfle gwerth chweil i wneud hynny, ddywedwn i. Mae'r lle 'ma bron yn wag o bobol. Beth sydd i'n rhwystro ni rhag rhoi'r holl bentre ar dân heno? Mi wnaiff hynny bobl Nenglo'n rhy brysur yn ceisio achub eu meddiannau, hyd yn oed os daw'r llanciau'n ôl heno, i boeni rhyw lawer ynghylch cyrff y Cyrnol *Sahib* a'i wŷr.'

'Gwych!' meddwn innau. 'Mi wnawn hi hynny 'ta. Gresyn na fyddai gynnon ni boteli o betrol i wneud y gwaith yn haws. Mi fydd raid inni fodloni ar dorchau bambŵ a chynnau tân yng ngwellt y to; mi fydd hwnnw'n sych fel baco Williams *Sahib!*'

Rhoddais orchymyn manwl i bob un, pwy oedd i danio pa dŷ. Medrem weld stryd Nenglo oddi tanom; roedd y lloer yn dechrau codi.

'Ffwrdd â ni 'te!' meddwn.

'*Atcha Sahib*,' sibrydodd y Gwrcas.

Roedd pedwar dyn yn gwarchod camfa ucha'r pentref, yr unig ffordd i mewn iddo oddigerth y brif giât, a oedd ar gau wedi nos. Fe fyddai ceisio agor y giât yn siŵr o ddeffro cŵn y pentref ac fe fyddai'n gobinô arnom i roi'r lle ar dân, felly doedd dim ond y gamfa amdani. Ac fel pob camfa-gefn i bentref Naga, roedd hi wedi'i llunio'n gam, ar ffurf tair camfa'n wir, fel na fedrai dim ond un person ar y tro fynd trosti.

Fflachiodd cyllell y Gwrca, y *cwcri*, yn llaw pedwar o'm dynion ac ymhen eiliad roedd y cyllyll wedi cyrraedd gwddf pob un o'r gwylwyr a'r pedwar yn gelain ar lawr. Dros y gamfa wedyn, un ar y tro, a phob un yn llithro'n ddistaw fel cysgod i'r rhan o'r pentref oedd i'w danio ganddo. Tanio fflachen a chynnau torchau bambŵ, a rhedeg o dŷ i dŷ gan gynnau'r toau gwellt yn wenfflam. Sôn am bandemoniwm! Gwragedd a phlant yn ffoi i'r tir agored ar ganol y pentref gan sgrechian; ambell un yn llusgo cwd o reis neu afr neu gawell o ieir o afael y fflamau. A'r Gwrcas yn dal i redeg o dŷ i dŷ â thorchau bambŵ yn eu dwylo, yn taflu un ar do pob tŷ wrth fynd heibio.

Yn sydyn, daeth Naga tu ôl i mi lle y safwn yng nghysgod tŷ yn gwylio'r lle'n llosgi. Trwy drugaredd, medrais ei weld trwy gil fy llygad cyn i'r *dao,* y gyllell hirfain oedd yn ei law, ddatod cwlwm fy mywyd. Gafaelais yn ei law dde, y llaw a ddaliai'r gyllell. Roedd o'n ddyn nerthol. Roeddwn i fel pe bawn mewn gefail o ddur yn ei afael. Dyna lle'r oeddem ni'n dau yn ymrafael a rowlio ar y ddaear ym mreichiau'n gilydd ac yn taro hyn a'r llall wrth rowlio. Yn sydyn aeth popeth yn ddu! Dydw i ddim yn cofio dim wedyn nes imi ddod ataf fy hun a phob cymal imi'n boenus. Roedd clamp o bren trwchus yn fy nal yn gaeth. Sylweddolais beth oedd wedi digwydd. Yn yr ymrafael roedd y Naga a minnau wedi tynnu un o'r staciau coed-tân uchel, a welir ym mhorth tŷ Naga ar ein pen. Llwyddais i symud y pren oedd yn fy nal a sefyll yn feddw i ystyried y sefyllfa. Roedd y Naga oedd wedi ceisio fy lladd yn sypyn diymadferth o dan y pentwr. Doedd gen i ddim amser i edrych a oedd o'n fyw ai peidio. Roedd rhaid imi gael lle diogel i ymguddio ynddo; roedd stryd y pentref yn llawn pobl yn cludo pethau allan o'r tai oedd yn dal i fudlosgi. Gwthiais fy ffordd i mewn i'r tŷ o'r porth; roedd y tŷ wedi'i losgi'n arw a'r to wedi mynd yn llwyr. Ond roedd digon o'r muriau ar ôl imi fedru cuddio yn eu cysgod. Roeddwn yn falch o gael aros yn f'unfan i geisio dod ataf fy hun; codasai lwmp fel wy ar fy nghopa; yn wir, roeddwn i'n teimlo'n bur simsan a'm coesau'n bygwth fy ngollwng.

'Ble mae Williams a'r gweddill, tybed?' gofynnais i mi fy hun. 'Gobeithio'u bod nhw wedi llwyddo i ddianc.' Hyd y gwelwn rhwng plethwaith bambŵ y darn mur oedd yn sefyll rhyngof a'r stryd, roedd Williams a'r Gwrcas wedi gwneud gwaith go drwyadl; doedd dim un tŷ cyfan yn y pentref.

Roedd yn amlwg oddi wrth yr hyn a welwn fod y trigolion yn casglu'u pethau ar gyfer mudo-dros dro, beth bynnag—o Nenglo i bentref arall. Y cwbl roedd raid i mi ei wneud felly oedd aros yn fy unfan a disgwyl nes oedd y pentref yn wag, a mynd yn ôl i Hangrum wedyn.

Bûm yno yn syllu trwy'r rhigol yn y bambŵ nes i bawb adael y stryd. Roeddwn i ar fin fy llongyfarch fy hun fy mod yn glir o berygl pan welais eneth Naga yn dod yn syth am y sgerbwd o dŷ lle'r oeddwn i'n llochesu. Fe fyddai'n rhaid delio â hon! Gafaelais ynddi—cyn ei bod i mewn trwy'r drws bron—a rhoi fy llaw dros ei genau i'w rhwystro rhag gwneud sŵn. Yna, dyrnod fach siarp iddi ar ei gwegil, dim ond digon i'w gwneud yn anymwybodol dros dro. Aeth yn swp diymadferth yn fy mreichiau. Byddai ganddi glamp o gur yn ei phen pan ddôi ati ei hun!

Pryderwn rhag i un o'i theulu weld ei cholli a dod i chwilio amdani. Fodd bynnag, fedrwn i wneud dim byd ynglŷn â hynny. Doedd dim amdani ond aros yn fy nghuddfan nes bod pawb wedi mynd, a'i gwneud hi am Hangrum wedyn. Aeth y pentref yn ddistawach, ddistawach, heb i neb ddod ar ein cyfyl. Penderfynais roi hanner awr arall i bawb glirio o'r pentref a chychwyn wedyn.

Roedd y ferch yn dechrau dadebru. Meddyliais beth a ddywedai Williams petai'n fy ngweld yn y murddun yma a geneth Naga wrth fy nhraed! Diaist i, mi roedd hi'n bert hefyd! Roedd y ffrins gwallt a wisgai'r ferch Naga cyn priodi yn gweddu iddi i'r dim, a'r torchau o gregyn gwyn am ei gwddf yn cyferbynnu â'r lliain du a wisgai.

Cododd ar ei heistedd a dechrau rhwbio'i gwegil. Gofynnodd yn gryg am *pani*, y gair Hindwstani am ddŵr. Datodais gaead fy fflasg ddŵr a'i dal wrth ei gwefusau. Yfodd hithau'n ddibetrus a chrychu'i haeliau wrth droi i edrych arnaf. Roedd yn amlwg fod fy mhroffwydoliaeth ynglŷn â'r cur pen yn gywir!

Dywedais wrthi, yn Hindwstani toredig y Bryniau, fod yn ddrwg gen i 'mod i wedi gorfod ei tharo, ond nad oedd gen i ddim dewis arall ar y pryd. Yn lle ffromi, fel y ddisgwyliwn, lledodd ei hwyneb mewn gwên gan ddangos dwy res o berlau gwyn rhwng ei gwefusau, a dweud: '*Tik hai* (Popeth yn iawn).'

'Sut wyt ti mor hyddysg mewn Hindwstani?' gofynnais iddi.

'Wedi arfer mynd â nwyddau i Mahur i'r basâr i'w gwerthu,' atebodd hithau yn yr un iaith.

'Mae arna i ofn ein bod ni wedi gwneud llanast o dy bentre di heno,' meddwn.

'Nid hwn ydi 'mhentre i. Laisong ydi 'mhentre i,' atebodd hithau. 'Mi fydd llawer pentre wedi'i losgi cyn i'r helynt presennol ddod i ben. Rydan ni'n ymladd am ein hawliau a chithau'r *Sahibs* yn ymladd i gadw'ch awdurdod. Does dim dichon i'r ddwy ochor ennill.' A chiliodd y chwerthin o'r llygaid brown, cynnes.'Mi fydd 'na ragor o ladd a chasáu ar y ddwy ochor.'

Dyma sgwrs od, meddyliwn, i ni ei chael mewn adfail o dŷ Naga, fi a merch yr oeddwn i wedi ei tharo'n anymwybodol gynnau!

'Beth ydach chi am ei wneud â fi, *Sahib?* Mynd â fi'n gaeth i Hangrum?'

'Choelia i fawr!' atebais innau, 'O'm rhan i rwyt ti'n rhydd i fynd i ble mynni di. Faswn i ddim wedi dy gadw di mor hir â hyn oni bai 'mod i am gael mynd odd'ma'n ddiogel. Rydw i am gychwyn yn ôl i Hangrum rŵan. Mi gei dithau fynd i Laisong neu ble bynnag fynni di.'

Sefais a chodi fy nghantîn oddi ar y llawr. Safodd hithau ac estyn ar flaenau'i thraed a rhoi cusan ar fy moch.

'*Ise bam lau,*' meddai.

'Beth ydi ystyr hynny?' gofynnais

20

''Dos yn ddiogel' yn iaith y Zeme Naga,' meddai hithau, 'neu fel all olygu' "Bydd wych".'

'Beth ydi d'enw di?' gofynnais drachefn.

'Ilangle,' meddai hithau. 'Mi gawn gwrddyd eto'n fuan.'

'Sut gwyddost ti hynny?'

'Mae Gaidilŵ'n siŵr o drefnu hyn,' oedd yr ateb.

'Beth wyt ti'n ei olygu wrth hynny?'

Ond gwrthododd ddweud dim mwy, dim ond gwenu'n enigmatig a dangos y ddwy res perlau rhyfeddol. Plygais i gusanu'r gwefusau llawn. . . .

'Gobeithio y cawn ni gyfarfod yn fuan,' meddwn, 'Gyda llaw, Dafydd ydi f'enw i.'

''Wna i mo'i anghofio fo. Dafydd, Dafydd,' ynganodd yr enw ddwywaith fel petai hi'n ei flasu. 'Mae o'n enw neis.' *Ise bam lau,* Dafydd!'

'*Ise bam lau.* Ilangle!' atebais innau, a chychwyn ar fy siwrnai i Hangrum, gan adael y ferch yn syllu ar fy ôl o ddrws yr adfail o dŷ lle'r oeddem wedi cyfarfod mor annisgwyl.

2

Cyrhaeddais yn ôl i Hangrum ganol y bore. Roeddwn yn flinedig iawn wedi bod yn effro trwy'r nos a rhan o'r noson cynt a'm corff yn brifo drosto—effaith y pren yn disgyn arno, mae'n siŵr. Fe fûm yn ffodus i beidio â chyfarfod y gelyn ar y ffordd. Doeddwn i ddim mewn cyflwr i ymladd â neb; fe fyddai pluen wedi bod yn ddigon i'm rhoi ar wastad fy nghefn. Fe fu bron i'r rhiw at y barics-dros-dro yn Hangrum fy ngorffen!

Teflais fy hun ar y gwely-llinyn, y *charpoy,* a gweiddi am Bahadur, heb gofio fod Bahadur druan wedi mynd at ei dadau y diwrnod cynt. Ram ddaeth mewn atebiad i'm galwad. Roedd yn amlwg ei fod yntau wedi bod mewn sgarmes. Roedd o'n gloff a'i fraich chwith mewn sling.

'Mae'n dda'ch gweld chi'n ôl, *Sahib!*' meddai 'Roeddan ni'n methu â gwybod beth oedd wedi digwydd i chi. Doedd neb wedi'ch gweld chi er pan oeddan ni wedi mynd i mewn i Nenglo. Mi fuom yn disgwyl wrth droed y bryn tu allan i'r pentre am hydion. Roedd Williams *Sahib* yn gyndyn iawn i adael heboch chi. Ond doedd dim argoel ohonoch chi. Mi ofynnodd o i Wilkins *Sahib* am ganiatâd i fynd â chriw o filwyr i chwilio amdanoch chi'r bore 'ma. Ond gwrthod ei gais o a wnaeth y *Boro Sahib.*'

Ydi Williams *Sahib* yn dal yn Hangrum?' gofynnais.

'Ydi,' oedd yr ateb. 'Mae o'n gorffwys yn y *basha.*'

'Galw arno fo 'ta!'

'Fe ddaeth Williams ar frys pan glywodd fy mod wedi dychwelyd.

'Dafydd, fachgen,' meddai, 'roeddan ni'n ofni dy fod ti wedi mynd i orffwysfa'r saint! Fedri di ddim credu mor falch ydw i o'th weld di'n ôl; mae golwg ar dy hen wep di cystal â photelaid o win sgawen i mi! Ond ble buost ti? Doedd dim golwg ohonot ti yn Nenglo. Mi aeth y bois a finnau ar sgawt rownd y lle cyn gadael. Doedd dim argoel ohonot ti.'

Adroddais fy hanes wrtho. Pan glywodd am Ilangle, aeth yn wên o glust i glust.

'Mi fasat ti'n cael gafael ar hogan ddel, hyd yn oed yng nghanol Nenglo a'r lle i gyd yn wenfflam!' sylwodd. 'Wyt ti'n siŵr nad Gaidilŵ oedd hi?'

'Dwn i ddim', atebais. 'Y cwbwl ddweda i ydi mai Ilangle ddwedodd hi oedd ei henw.'

Y peth cyntaf i'w wneud oedd mynd i weld Wilkins i roi gwybod iddo fy mod i wedi dod yn ôl yn ddiogel. Ond roeddwn i'n benderfynol o gael paned a 'molchi gyntaf. O ganlyniad yr hyn a gefais i gan Wilkins oedd tafod am nad oeddwn i ddim wedi riportio iddo fo yn syth ar ôl dychwelyd. Roedd yn amlwg fod un o'r Sikhiaid wedi fy

22

ngweld yn cyrraedd yn ôl i Hangrum ac wedi dweud wrtho.

'Eich dyletswydd chi oedd dod i'm gweld i y peth cyntaf un, Lefftenant Jones,' meddai. 'Mae'ch dyletswydd chi fel milwr i ddod o flaen eich cysur personol chi. Gobeithio y gwnewch chi gofio hynny o hyn ymlaen.'

Brathais fy nhafod rhag dweud wrtho beth oeddwn yn ei feddwl ohono ac o'i ddibristod ohonof yn methu ac anfon milwyr i chwilio amdanaf. Roedd yn amlwg ddigon ein bod yn mynd i gael trafferth gyda Major Wilkins!

'Rydw i'n credu mai aros yn Hangrum fyddai orau i chi am y dyddiau nesaf, Lefftenant Jones,' meddai. 'Alla i ddim ymddiried ynoch chi, i'ch gadael chi ar ei pen eich hun o olwg y garsiwn, mae'n amlwg. Beth oedd eich meddwl chi yn cymryd y ddeddf i'ch dwylo'ch hun a rhoi pentre ar dân heb ganiatâd pen y garsiwn, a hynny gyda rhyw ddyrnaid o ddynion? Roedd o'n ddigon i'r Cyrnol Adams wastraffu'i fywyd ei hun a bywyd ei ddynion mewn rhyw *excursion* ffôl, heb i chi geisio gwneud yr un peth.'

Mewn gwirionedd, roeddwn i'n falch o gael cyfle i orffwys yn Hangrum am ychydig ddyddiau. Fe gâi Williams a minnau gyfle i gael gwared o'n blinder ar ôl busnes Nenglo.

'Dim diolch i ti chwaith, y burgyn Sais!' meddwn dan fy ngwynt. Cerddais yn ôl i ran y swyddogion o'r barics. Galwodd Lefftenant Miles heibio.

'Yr union ddyn roedd arna i eisiau ei weld,' meddai. 'Doeddat ti ddim wedi cyrraedd yn ôl pan alwais i gynnau. Rydw i wedi bod yn lwcus—wedi saethu clamp o lewpard du neithiwr ar ffordd Laisong—croen arbennig o dda. Rydw i wedi'i flingo fo wrth gwrs, ond mi hoffwn gael ei drin o go-iawn. Mi welais groen arth y tu allan i un o'r tai yn Hangrum 'ma. Ddoi di efo fi i siarad efo pobol y tŷ i edrych fedrwn ni gael rhywun i drin y croen? Duw a wŷr, mae fy Hindwstani i ganwaith gwell na d'un di, ond Hindwstani'r Punjab ydi o; does gan y bobol leol 'ma ddim

23

syniad am be rydw i'n sôn pan fydda i'n siarad Hindwstani
efo nhw. Rwyt ti'n siarad yr Hindwstani lleol. Ddoi di efo
fi?'

'Ar bob cyfri,' meddwn innau, er nad oeddwn i ddim yn
teimlo fel mynd i lawr yr ochr serth i'r pentref, lle'r oedd
y Nagas yn byw—roeddem ni'r Prydeinwyr a'r milwyr
wedi meddiannau rhan uchaf y pentref—'Tyd, mi awn ni,
'te.'

Roedd Miles a minnau wedi cyrraedd gwaelod y gori-
waered ac yn cerdded i gyfeiriad y tŷ a geisiem, pan
waeddodd merch Naga oedd yn digwydd bod yn eistedd o
flaen un o'r tai: *'Sahib kobordar* (Gwyliwch).' Dim ond
neidio o'r neilltu gawsom ni cyn i glamp o garreg fawr
ddod i lawr yn yr union fan lle'r oedd Miles a minnau'n
cerdded eiliad ynghynt! Roedd rhywun am ein gwaed!

'Welaist ti pwy wthiodd y garreg 'na drosodd?'
gofynnodd Miles.

'Naddo,' meddwn innau. 'Sut oedd posib imi weld?
Doedd gen i ddim achos i edrych i fyny.'

'Mae 'na rywun i fyny acw nad ydi o ddim yn rhy hoff
ohonot ti a fi, mae hynny'n sicr. Hwyrach mai anffawd
noeth oedd o—y garreg yn dod i lawr ohoni'i hun—ond
mae'n amheus iawn gen i ai hynny ddigwyddodd. Beth
am holi'r ferch Naga ynglŷn â'r peth? Mae'n siŵr ei bod hi
wedi gweld mwy na ni,' awgrymais. 'Mi ddylem ddiolch
iddi hi hefyd. Mi achubodd ein bywydau ni trwy'n
rhybuddio mewn pryd!'

Aethom draw at y tŷ lle'r oedd y ferch yn nyddu lliain
brodorol ar wŷdd ysgafn.

'Ap lok tik hai? (Ydach chi'n olreit?)' gofynnodd.

'Ydan, diolch i ti,' atebais.

Gwenodd yn siriol a dweud *'Ham bohut kushi* (Rydw i'n
falch) 'ac edrych ym myw fy llygaid. Trawyd fi gan
syndod! Cymerwn fy llw mai'r un oedd y llygaid â llygaid
yr hen wraig oedd ar y ffordd rhwng Hangrum a Nenglo

echnos. Roedd hi fel pe'n synhwyro fy mhenbleth; llechai awgrym o wên watwarus yn ei llygaid . . . .

Ond doedd y peth ddim yn bosibl! Doedd dim dichon mai'r un oedd hon â'r hen wraig ar y ffordd! Roedd honno'n wargam a'i breichiau'n denau fel priciau, a dyma hon yn llond ei chroen. Ac eto . . .

Roedd Miles yn edrych yn graff arnaf: 'Beth sy, Dafydd?' gofynnodd. 'Rwyt ti'n edrych fel petaet ti wedi gweld ysbryd.'

'Hwyrach fy mod i,' meddwn innau, 'ond gad inni holi beth welodd y ferch 'ma.'

Gofynnais iddi pwy oedd wedi gwthio'r garreg dros erchwyn y clogwyn.

'Un o'r Sikhiaid,' meddai'n ddibetrus.

'Mi fydd raid i ti a minnau gerdded yn wyliadwrus yn y gwersyll 'ma o hyn ymlaen,' meddwn wrth Miles. Cytunodd yntau. Ond rywfodd gwyddwn mai ar fy mhen i y bwriadwyd i'r garreg ddisgyn. Pam, wyddwn i ddim. Ond diolch i'r drefn fod y ferch Naga wedi'n rhybuddio ni! Pam tybed, a ninnau'n elynion i'w phobl ac wedi meddiannu'i phentref, heb sôn am losgi Nenglo a phentrefi eraill? Doedd gen i ddim ateb i'm cwestiwn.

Fe lwyddodd Miles i gael gafael ar ddyn oedd yn barod i drin y croen llewpard. Fe ddaeth gyda ni i ran uchaf y pentref i gyrchu'r croen. Roedd Miles yn iawn. Roedd y croen llewpard oedd ganddo yn un arbennig o raenus—yn ddu loywddu a sglein arno.

Adroddais yr holl hanes wrth Williams ar ôl i mi ddychwelyd. Soniais am lygaid y ferch yng ngwaelod y pentref, mor debyg oedden nhw i lygaid yr hen wraig. Chwerthin wnaeth Williams.

'Does 'na ddim *make-up artist* yn y byd fedrai wneud i ferch ifanc edrych fel yr hen wraig a welson ni ar ffordd Nenglo,' meddai. 'On'd oedd y craciau ar ei hwyneb hi'n dangos ei hoed hi'n glir? Dychmygu dychmygs wyt ti, boi! Dwyt ti 'rioed yn meddwl mai Gaidilŵ, sy'n newid ei llun

25

fel y mynnith hi, ydi'r ferch yng ngwaelod y pentre a'r hen wraig oedd ar ffordd Nenglo?'

'Waeth imi gyfaddef, roedd y syniad wedi 'nharo i,' atebais. 'Mi gymrwn fy llw mai'r un person oedd y ddwy, er mor amhosib ydi credu hynny. Gyda llaw, oes gen ti ryw syniad pam roedd un o'r Sikhiaid yn ceisio fy lladd i?'

'Does dim dwywaith ynglŷn â hynny,' atebodd Williams. 'Wyt ti'n cofio ochri efo un o'r Gwrcas yn erbyn Sikhiaid Wilkins, fis yn ôl? Fe gafodd un o'r Sikhiaid ei gosbi'n llym gan y Cynrol Adams o ganlyniad i hynny. Mi fetia i mai'r Sikh hwnnw neu un o'i berthnasau fo geisiodd dy ladd di heno. Ond waeth iti heb â chwyno wrth y Major. All y Sikhiaid wneud dim o'i le yn ei olwg o!'

'Hwyrach dy fod ti'n iawn,' meddwn innau. 'Doeddwn i ddim yn cofio am y ffrwgwd yna rhwng fy nynion i a Sikhiaid Wilkins. Hwyrach mai hynny sy'n cyfrif fod Wilkins ei hun mor wrthwynebus i mi. Gyda llaw, rydan ni dan warth mawr! Rwyt ti a minnau a'r Gwrcas i aros yn Hangrum am rŵan. Fedr y Major mo'n trystio ni allan o'r lle 'ma!'

'Haleliwa,' oedd ymateb Williams i'r newydd hwn. 'Mi ga'i gyfle i olchi fy socs, rŵan!'

Er mor flinedig oeddwn i, roedd hi'n oriau mân y bore cyn imi fedru cysgu'r noson honno. Ac yna fe ddaeth cwsg anesmwyth â breuddwydion i'w ganlyn, a'r breuddwyd-ion yn troi'n hunllef cyn y diwedd. Yr hen ŵr, a ddaeth i ddiwedd mor alaethus yn y pwll picellau miniog yn Nenglo, a'r Cyrnol Adams oedd yn ymddangos dro ar ôl tro yn fy mreuddwyd, a'r ddau yn taflu Ilangle o'r naill i'r llall fel pêl, a hithau'n gweiddi'n groch arnaf i'w helpu. Ond roedd f'esgidiau'n llawn o blwm; fedrwn i ddim symud o'r fan. Yna fe ddaeth yr hen wraig a welsom ar ffordd Nenglo a thrywanu'r hen ŵr â'i bys a gwneud yr un peth i'r Cyrnol, nes bod Ilangle'n rhydd i redeg ataf a rhedeg ei bysedd trwy fy ngwallt. Ac yna roedd y ferch o waelod y pentref yn sefyll o'm blaen a'i hwyneb yn fawr,

fawr, fel wyneb rhywun ar y sgrîn yn y pictiwrs, a'i gwên yn fy ngwatwar.

Deffroais yn chwys oer. Roeddwn i'n sicr fod rhywbeth o'i le. Roedd rhywun wedi agor y drws bambŵ a golau'r lleuad yn llifo i mewn trwyddo. Roeddwn i'n berffaith sicr 'mod i wedi bolltio'r drws cyn mynd i glwydo. Sut roedd o wedi agor? Doedd dim dichon ei agor o o'r tu allan ar ôl ei folltio. Ac eto roedd o'n llydan agored!

Neidiais ar fy nhraed a rhuthro allan i olau'r lleuad. Roeddwn mewn pryd i weld cip ar ferch Naga'n diflannu rhwng cytiau'r barics bambŵ. Gelwais y Gwrca oedd ar ddyletswydd. Roedd o'n sefyll, a'i wn yn ei law a'r fidog ar ei flaen yn barod, ychydig lathenni oddi wrth fy nrws— wedi cael siars arbennig gan Williams i fod yn wyliadwrus rhag i'r Sikh a geisiasai fy lladd gynnig gwneud hynny yr ail dro. Haerodd ar ei lw nad oedd neb wedi mynd heibio iddo.

'Rhaid mai chi'ch hun agorodd y drws, *Sahib,*' meddai, 'Roedd eich drws chi ynghau y tro diwetha'r edrychais i.'

Doedd dim amdani ond mynd yn ôl i glwydo a gwneud y gorau o weddill y nos.

Fore trannoeth, treuliais awr neu ddwy yn sgrifennu llythyrau. Wedyn euthum i lawr i waelod y pentref gyda Williams. Roedd y ferch Naga'n eistedd yn yr haul tu allan i'w thŷ eto heddiw.

'*Kellum*' cyfarchodd fi yn yr iaith Naga ac wedyn troi i'r Hindwstani a gofyn: '*Rat-me ap atcha-se ghumaia?* (Gysgoch chi'n iawn neithiwr)?'

'Naddo! 'atebais innau yn yr un iaith, 'roedd rhyw freuddwydion rhyfedd yn fy mhoeni.'

'Rydan ni'r Nagas yn credu'n gryf mewn breuddwydion,' sylwodd. 'Petawn i'n chi, *Sahib*, mi faswn i'n cymryd sylw manwl ohonyn nhw.'

Syllais i'w llygaid mawr tywyll. Ciliasai'r direidi ohonynt. Roedd hi o ddifri!

'Mi wna i hynny,' addewais. Roeddem ein dau yn deall ein gilydd. Rywsut, rywfodd fe fyddai Ilangle mewn perygl, a minnau'n cael cyfle i'w helpu.

'Peidiwch â phoeni, *Sahib,*' meddai, 'Rhyngon ni ddaw dim niwed i Ilangle.'

Disgrifiais y freuddwyd i Williams. Wrth gwrs roedd o wedi clywed fy sgwrs â'r ferch Naga. Rhwbio'i ên yn feddylgar wnaeth o a dweud: 'Dydan ni ddim wedi dechrau deall y brodorion 'ma. Rydan ni'n meddwl ein bod ni'n gwybod popeth, efo'n peiriannau a'n hawyrennau a'n trydan. Ond mae pobol y Dwyrain ganrifoedd o'n blaen ni mewn rhai pethau. Mi ddweda i beth arall wrthat ti,' ychwanegodd. 'Rhyngot ti a fi a'r wal dydi dy galon di a minnau ddim yn y busnes o roi pen ar y gwrthryfel Naga. Mi wn y gwnawn ni'n dyletswydd fel milwyr, ond mae gynnon ni'r Cymry dipyn bach o gydymdeimlad â'r Nagas, sy'n ceisio cadw'u hanni byniaeth a glynu wrth eu tiroedd traddodiadol.'

'Rwyt ti'n reit, 'rhen Williams,' ategais innau. 'Ond onid ti oedd yn dweud y noson o'r blaen mai nonsens oedd sôn am Gaidilŵ'n medru newid ei ffurf, ac mai coel gwrach oedd credu mewn *werewolves* a phethau tebyg?'

'Ia, wel hwyrach 'mod i wedi bod yn rhy bendant y noson o'r blaen. Cofia, dydw i dddim yn dweud bod 'na alluoedd goruwchnaturiol yn bod, ond rydw i'n agored i gael fy narbwyllo. Gawn ni ei roi o fel'na?'

3

Roedd gan Williams ddiddordeb mawr mewn gwaith llaw. Yn wir roedd o wedi bwrw'i brentisiaeth fel saer cyn ymuno â'r fyddin ac enynnai pob math o waith llaw frwdfrydedd arbennig ynddo. Roedd posibiliadau aml y pren bambŵ yn ei swyno'n lân ac roedd ei *basha* yn y barics yn llawn petheuach bambŵ—cwpanau wedi'u llunio'n gelfydd, llwyau, cafnau i ferwi reis, a melinau gwynt a'r rheini'n gweithio. Treuliai lawer o'i amser hamdden yn cerfio doliau llygaid-slant i'r plant. O ganlyniad daethai plant Hangrum i'w hanner-addoli mewn byr amser.

Yn yr iaith yr oedd fy niddordeb i. Llogais fachgen o'r pentref, oedd wedi cael blwyddyn neu ddwy o ysgol, i'm dysgu. Doedd o'n gwybod dim Saesneg, ond trwy gyfrwng y fratiaith Hindwstani leol a siaradem ein dau llwyddem i ddeall ein gilydd yn burion. Doedd dim o bwys wedi'i ysgrifennu yn yr iaith Zeme Naga, felly doedd dim gobaith i'w dysgu o lyfr.

Roedd hi'n iaith ddiddorol; iaith *tonal* fel iaith Tsieina ac ystyr y geiriau'n dibynnu ar oslef y llais. Roedd angen clust go dda i'w dysgu. Wrth gwrs Mongoliaid yw'r Zeme Naga ac iaith Fongolaidd yw eu hiaith. Roedd hi'n dlawd mewn termau haniaethol, ond roedd llond trol o eiriau am bethau bob dydd fel basged neu liain ynddi, yn dibynnu ar y math o fasged neu liain a olygid.

O dro i dro awn cyn belled â'r tŷ ger troed y clogwyn i gael ymarfer â chlywed yr iaith yn cael ei llefaru. Roeddwn i'n amharod i fentro llefaru gair ynddi ar y dechrau ond, o dipyn i beth, deuthum yn ddigon cyfarwydd â'r iaith i fentro llefaru ambell frawddeg ac i beidio â gofyn i blentyn beth oedd ei 'gig' o yn lle beth oedd ei 'enw'. ('*Zi*' oedd y gair Zeme am y naill a'r llall, ond ei fod yn cael ei ynganu'n wahanol.) Cawn drafferth â'r gair *teu* oedd yn golygu 'gwneud' neu 'frifo' neu 'fwyta' yn ôl fel roeddech chi'n ei ynganu.

Dysgais lawer mwy nag iaith ar f'ymweliadau aml â'r tŷ ar waelod y clogwyn. Dysgais am draddodiadau'r Naga, am y teulu o dduwiau oedd yn byw yng nghrombil Bryniau'r Barail—y *Gechime,* yr 'Hen Rai', fel y galwai'r Nagas hwy. Dysgais am arferion barbaraidd y Nagas, fel yr arferiad o roi plentyn siawns i farwolaeth trwy ei drywanu â draenen hir, os nad oedd tad y plentyn yn gymeradwy gan deulu'r ferch.

Un peth a berodd syndod imi oedd dod i wybod am bethau gwaharddedig ymhlith y Nagas. Un o'r rhain oedd nad oedd yn weddus i ŵr na gwraig ddefnyddio enwau'r naill a'r llall ar ôl iddynt briodi! Rhaid oedd defnyddio bys i bwyntio at y person y cyfeiriai'r siaradwr ato os oedd yn bresennol, a defnyddio disgrifiad amrwd megis 'yr hen gi 'na sy'n byw efo fi' i'w ddynodi yn ei absenoldeb!

Yn ystod yr wythnosau hynny y buom yn gwarchod y garsiwn yn Hangrum dysgais gydymdeimlo â ffordd annibynnol y Nagas o fyw. Roedd rhywbeth atyniadol iawn yn y bobl hyn. Roeddent mor annwyl ac mor debyg i blant mewn llawer ffordd. Treuliai'r llanciau a'r merched ifainc fel ei gilydd hydion yn dewis blodau i'w gwisgo yn eu clustiau; byddai'r llanciau'n aml yn arbrofi gyda dulliau ecsotig o drin eu gwalltiau. Ond yr oedd ambell arferiad atgas ganddynt, fel y gwaharddiad ar olchi'r platiau pren y bwytaent eu bwyd oddi arnynt! Roedd ambell blât yn llwyd gan olion hen fwyd.

Roedd fy nghydwybod yn fy mhoeni o feddwl fy mod yn pethyn i fyddin estron a oedd yn gorfodi'r bobl rydd hyn i ymddwyn yn unol â rheolau yr oeddem ni yn eu gosod arnyn nhw. Pa hawl oedd gen i i ddweud wrth y Nagas am gyd-fyw'n heddychlon â'u harch-elynion, y Cwcis, a ninnau'r Prydeinwyr wedi meddiannu cymaint o dir y Nagas i'w roi yn rhodd i'r bobl hynny?

Ond doedd dim y medrwn i na Williams ei wneud; roeddem ni'n dau dan awdurdod rhywun arall. Fe fuom yn trin a thrafod y peth hyd ddiflastod heb weld sut y medrem ni ddod allan o drap dyletswydd.

'Mi fydd ffordd o fyw pobl y Bryniau yma, yn Nagas a Cwcis, yn bownd o ddiflannu cyn pen hir, gei di weld,' oedd proffwydoliaeth Williams. 'Mi ddaw Indiaid y Gwastadedd, y Bengali a'r Assami, i feddiannu eu gwlad nhw, nid trwy drais ond trwy gyfrwystra, a dyna ddiwedd ar wahaniaethau ac arferion y llwythau. Wedyn dydi o fawr o bwys ein bod ni'n gorfodi'r "hedd Prydeinig" arnyn nhw. Sut mae posib i ryw fân genhedloedd sy'n rhifo ychydig filoedd wrthsefyll pwysau miliynau'r Gwastadedd?'

Doeddwn i ddim yn cytuno. 'Mae 'na fwy o wytnwch yn y llwythau 'ma nag wyt ti'n tybio, Williams. Rydw i'n cofio un o'r cenhadon Cymraeg sydd ar Fryniau Casia yn dangos hen gopi o'r *Drysorfa* imi o'r oes o'r blaen. Roedd llythyr yn hwnnw oddi wrth ryw William Preis yn proffwydo y byddai ieithoedd y Bryniau 'ma wedi pallu mewn ugain mlynedd. Mae dros bedwar ugain mlynedd er pan fu farw'r hen frawd hwnnw ac mae ieithoedd y llwythau yn dal mor fyw ag erioed. Mae'n wir bod y Manipwris a'r Cacharis wedi troi'n Hindw o dan bwysau pobl y Gwastadedd, ond mae mwy o ruddin yn y Nagas a'r Cwcis. Maen nhw'n debyg o fod yn ddigon gwydn i ddal eu tir. O ran hynny, beth amdanon ni'r Cymry? Mae'n hiaith ni a'n hunaniaeth ni wedi cael eu bygwth o gyfeiriad Clawdd Offa ers canrifoedd. Ac rydan ni'n dal mewn bod. Ond hwyrach dy fod ti'n iawn nad ydi o ddim llawer o bwys ein bod ni'n gorfodi ein safonau ni ar y Nagas dros dro. Yn ôl y dôn' nhw i'w hen rigol yn y diwedd fel miaren wedi ei sigo.'

Er fy mod i'n perthyn i fyddin estron, roedd yn amlwg fod rhai o'r pentrefwyr yn edrych arnaf fel un ohonyn nhw bron. Gallwn bicio i'w tai fel y mynnwn a chael mwgiaid o *hezau*—trwyth milet—ble bynnag y galwn. Ambell dro cawn anrheg o gig carw neu faedd, os oedd y pentrefwyr wedi bod yn llwyddiannus yn yr helfa.

Ac roedd y tŷ ar waelod y clogwyn fel ail gartref i mi, a'r ferch oedd yn byw yno yn fy nhrin fel brawd. Drwy'r cwbwl roeddwn yn mynd yn fwy a mwy argyhoeddedig mai hi oedd Gaidilŵ. Byddai'n mynd oddi cartref am ddyddiau ar y tro, ac ar yr adegau hynny, yn amlach na pheidio, clywem fod Gaidilŵ wedi cael ei gweld gan rywrai o'r milwyr oedd yn cwrsio'r Bryniau mewn ymchwil amdani, ond heb ei dal.

31

Roedd pethau eraill od yn digwydd hefyd: pobl yn cyrraedd y pentref yn gloff ac yn wael ac yn galw yn y tŷ ar waelod y clogwyn, a'r diwrnod wedyn yn gadael yn llawn hoen ac iechyd, fel petai ffynnon iachusol neu faen coel o fewn cyrraedd. Fedrwn i ddim rhoi fy mys ar ddim penodol oedd yn wahanol ynddi hi, ond roedd hi'n wahanol i'r lleill. Yn un peth doedd ganddi hi ddim gŵr a doedd hi ddim fel petai'n awyddus i gael un. Ac eto roedd hi'n ferch atyniadol.

'Pam nad ydach chi'n briod?' gofynnais iddi un diwrnod ar ôl i ni ddod i adnabod ein gilydd yn ddigon da imi fod yn hyf arni.

'Pam nad ydach chi wedi priodi?' gofynnodd hithau'n ôl.

'Dydi amgylchiadau ddim wedi caniatáu hynny,' oedd f'ateb.

Atebodd hithau: 'Yr un ateb rydw innau yn ei roi i chithau.'

Yn sydyn diflannodd y wên oddi ar ei hwyneb a daeth y fath lid i'w llygaid fel y trawyd fi'n fud gan syndod wrth ei weld. Y foment nesaf roedd y wên wedi dod yn ôl fel heulwen Ebrill ar ôl cawod. Doeddwn i ddim wedi clywed bryd hynny fod gŵr Gaidilŵ wedi cael ei grogi gan y Prydeinwyr am gychwyn y gwrthryfel, a bod ei wraig wedi cymryd yr arweiniad wedyn, a dal ymlaen gyda'r gwrthryfel, er nad oedd hi ond deunaw oed ar y pryd.

Er fy mod yn amau mai hi oedd Gaidilŵ, chym'rwn i mo'r byd am fynd at Wilkins a dweud f'amheuon wrtho. Yn un peth, fedrwn i brofi dim ac, yn fwy perthnasol hwyrach, fe fyddwn wedi teimlo 'mod i'n bradychu chwaer, petawn i'n sôn amdani wrth yr awdurdodau. P'run bynnag, roeddwn i'n amau'n fawr a fyddai Wilkins yn rhoi coel ar unrhyw beth a ddywedwn i wrtho; roeddwn i yn y 'bad bwks' chwedl Williams!

Anaml y gwelwn y Major y dyddiau hyn. Roedd o allan

yn y bryniau gan mwyaf, yn trefnu cyrchoedd ar finteioedd o wŷr ifainc Naga a grwydrai'r Barail Uchel.

Un bore cefais air ei fod yn ei ôl yn Hangrum a bod arno eisiau fy ngweld. Gwyddwn na fyddai'r cyfarfyddiad yn un hapus ac roeddwn yn llygad fy lle! Cyn gynted ag yr oeddwn o fewn cyrraedd dechreuodd ymosod arnaf:

'Rydw i'n clywed eich bod chi'n gyfeillgar iawn â rhai o bobl y pentre yma, Lefftenant Jones,' meddai. 'Thâl hyn ddim; mae pob copa walltog ohonyn nhw'n elynion i ni, ac rydach chi'n gwybod hynny'n iawn. Dwn i ddim be sy arnoch chi'r Cymry; rydach chi'n griw pengaled. Does dim synnwyr urddas na disgyblaeth yn perthyn i chi, rydach chi'n wastad yn barod i fod yn llawia efo'r brodorion. Mae urddas y fyddin yn gofyn ein bod ni'n dal y brodorion o hyd braich a pheidio ag ildio modfedd iddyn nhw, neu mi fyddan yn cymryd mantais. Ond waeth imi heb â siarad efo chi; dim ond gwneud fel y mynnoch chi wnewch chi! Mi rydw i am eich symud chi a'ch dynion o Hangrum i bentre Cwci Tualpui i warchod y pentre hwnnw rhag y Nagas. Mi fydd eich presenoldeb chi a'r Gwrcas yno yn fy ngalluogi i i symud y Sikhiaid sydd yn gwarchod Tualpui rŵan yn ôl yma. Mi fydda i'n fwy esmwyth fy meddwl efo nhw yma a chitha yn Tualpui.'

Felly y bu hi. Cyn diwedd y dydd roedd Williams a minnau a'r Gwrcas wedi gadael Hangrum ac yn teithio ar hyd y llwybr unig ar gopa'r trumiau heibio i Nenglo a Laisong i Tualpui. Ac roedd y ferch o'r tŷ ar waelod y clogwyn yn sefyll yn y drws yn ein gwylio'n gadael.

'Mi gawn ni gwrddyd eto cyn hir,' oedd ei geiriau wrth i ni fynd heibio iddi.

Wrth basio Nenglo penderfynais fynd i mewn i'r hyn oedd yn weddill o'r pentref ar ôl y tân i edrych a oedd Ilangle wedi dychwelyd yno. Gwyddwn, wrth gwrs, nad yn y pentref hwn roedd ei chartref, ond roedd ganddi berthnasau yma. Doedd hi ddim yma'r tro hwn, ond roedd nifer o bobl yn byw yn Nenglo o hyd ac roedden nhw wedi ail-doi rhyw ddwsin o'r tai a losgwyd.

Synnent fy nghlywed yn torri geiriau â nhw yn yr iaith Zeme. Roedd yn amlwg eu bod wedi clywed am Williams a minnau; doedd dim yn digwydd ym mhentrefi'r Barail nad oedd trigolion y pentrefi eraill yn clywed amdano mewn dim amser! Cawsom groeso twymgalon yn Nenglo a'n llwytho â ffrwythau, orennau ac afalau pîn.

'Fyddai neb wedi dychmygu ein bod ni wedi rhoi'r pentre 'ma ar dân pan oeddan ni yma ddiwethaf,' meddai Williams. 'Pam maen nhw'n rhoi'r fath groeso inni, ysgwn i? Choelia i byth nad oes a wnelo'r ferch rwyt ti'n mynd i'w thŷ hi yn Hangrum rywbeth â'r peth. Ac os mai hi ydi Gaidilŵ, fel rwyt ti'n credu, hwyrach ei bod hi wedi dweud wrth y bobl yma am roi derbyniad fel hyn i ni; mi fyddai hynny'n esbonio'r croeso.'

'Hwyrach mai rhoi croeso inni am fy mod i wedi mynd i'r drafferth i ddysgu'u hiaith nhw maen nhw,' meddwn i.

'Ia, mae hynny'n bosib,' meddai Williams. 'Ond cofia fod ein hymweliad diwetha ni wedi costio llawer i'r bobol hyn. Mi losgodd llawer o'u dillad nhw a'u celfi nhw, a hyd yn oed eu reis nhw yn y tai aeth ar dân. Mae angen rheswm go sownd i esbonio'u croeso i ni heddiw. Gyda llaw, dydw i ddim yn cofio iti roi enw ar y ferch 'na oedd yn byw wrth droed y clogwyn yn Hangrum. Beth oedd y bobol yn 'i galw hi? Fasan nhw 'rioed yn ei galw hi'n Gaidilŵ, hyd yn oed os mai hi ydi Gaidilŵ. Mi fasa hynny'n beth twp, a phob milwr trwy'r Bryniau 'ma yn chwilio am Gaidilŵ!'

'Isamle oedd pawb yn ei galw hi,' atebais innau. 'Ond hwyrach mai enw gwneud ydi hwnnw. "Un â phobl yn dweud yn dda amdani hi" ydi ystyr "Isamle". P'run bynnag, mae'n weddol siŵr mai perthyn i lwyth y Kabui Nagas, cefndryd ein Nagas ni, y Zeme, y mae Gaidilŵ. Hwyrach mai ei henw Zeme hi ydi Isamle.'

Tra oeddem yn yfed ein *hezau* a Williams yn ei lowcio a dweud mor debyg i laeth enwyn oedd y trwyth, daeth hen

34

ŵr atom a dweud ei fod yn *mama* i Ilangle, term Hindwstani sy'n golygu ewythr o ochr y fam. Holais ef yn ei chylch; roedd hi'n dal yn Laisong. Roedd hi wedi sôn llawer amdanaf, meddai'r hen ŵr, ac yn fy ngalw'n *bohut atcha Sahib* (dyn gwyn da iawn)! Pan glywodd ein bod yn mynd i Tualpui, rhybuddiodd fi fod y Cwcis, yn enwedig pobl Tualpui, yn bobl dwyllodrus iawn. Gwyddwn fod yn rhaid cymryd yr hyn a ddwedai gyda phinsied go dda o halen; roedd y Nagas a'r Cwcis yn arch-elynion ac roedd pentref Cwci Tualpui a phentref Naga Laisong, lle'r oedd gan yr hen ŵr berthnasau, yn yr un ardal, ac yn cael aml ffrwgwd â'i gilydd.

Ar ôl treulio hanner awr yn gorffwyso yn Nenglo, a'r Gwrcas ar bigau'r drain trwy'r amser—doedden nhw'n credu dim yn y Nagas—dyma gychwyn ymlaen i Tualpui, oedd ryw saith milltir i ffwrdd. Roeddem yn pasio Laisong ar y ffordd, ond fod y pentref i fyny'n uchel ar y llethr a ninnau'n mynd heibio iddo yn y dyffryn islaw. Felly doedd dim llawer o obaith taro ar Ilangle.

O'r diwedd, dyma gyrraedd Tualpui, y pentref Cwci. Yn lle adeiladu eu tai ar lawr, mae'r Cwcis yn eu hadeiladu ar lwyfan wedi ei godi ar bolion, a llawr y tŷ ryw bedair troedfedd uwchlaw'r ddaear. Roedd y tai yn Tualpui yn anferth; nid un teulu oedd yn byw mewn tŷ ond hanner dwsin o deuluoedd oedd yn perthyn yn agos i'w gilydd.

Roedd yr ieir a'r moch ac ambell afr yn llechu o dan y tai ac yn dod allan bryd eu bwydo i frwydro am y lle blaenaf wrth y cafn. Sylwais mai'r ieir oedd yn ennill y frwydr fel rheol; roedden nhw'n gallu gwneud bywyd creaduriaid mwy na nhw'n annioddefol trwy eu pigo'n ddidrugaredd ar eu pennau a'u clustiau fel y dynesent at y cafn a'u gorfodi i ildio a gadael i'r ieir gael llond bol i ddechrau. Nid bod y creaduriaid hyn yn dibynnu'n hollol ar y grawn a roid yn y cafn am gynhaliaeth; roedd y moch a'r ieir a hyd yn oed y geifr yn mynd ar sgawt i fwyta unrhyw garthion fyddai i'w cael yn y pentref ac ar ei gyrion.

Doedd neb yn disgwyl ein gweld yn Tualpui; ni wyddai'r Sikhiaid hyd yn oed ein bod yn dod yno.

'Fyddan nhw ddim yn hir cyn hel 'u traed odd'ma,' meddai Williams am y Sikhiaid. 'Mi fyddan wrth eu bodd yn cael gadael!'

Roedd o'n iawn. Er ei bod hi wedi dechrau nosi erbyn hyn roedd y Sikhiaid mor awyddus i ymadael nes iddyn nhw adael eu llestri pridd a rhai bwydydd ar ôl. Doedden nhw ddim mor gartrefol yn y pentrefi mynyddig cyntefig hyn â'r Gwrcas, a oedd yn dod o wlad fynyddig.

Cymerodd y Gwrcas feddiant o'r barics lle'r oedd y Sikhiaid wedi bod yn aros. Wyddwn i ddim ble i 'osod fy stondin' chwedl Williams, ond fe ddaeth pennaeth y pentref a chynnig i Williams a minnau gymryd meddiant o un o'r tai. Felly y bu. Roedd Williams fel cath wedi llyncu nico pan arweiniodd y pennaeth ni at anferth o dŷ heb fod nepell o'i dŷ ei hun. Camodd y sarjant i fyny'r grisiau o bolion bambŵ ac edrych i mewn.

'Mae hi fel y fagddu i mewn yma,' cwynai. Daeth rhywun â chlamp o lamp oel o rywle a dyna lle'r oeddem ni'n syllu i fyny i entrychion y nenfwd, lle'r oedd y trawstiau a'r gwellt wedi mynd yn ddu loywddu gan y mwg o'r tân a losgai'n siriol ar garreg aelwyd fawr fflat a oedd wedi ei gosod i mewn i'r llawr bambŵ.

'Mi fydd yn braf cael eistedd o gwmpas y tân 'ma fin nos!' sylwodd Williams.

'Bydd wir,' meddwn innau. 'Mae 'na ias bendant i'w chlywed fin nos yn y Barail Uchel 'ma.'

Cawsom brawf o letygarwch y Cwcis yn ddi-oed. Cyn pen dim roedd y pennaeth wedi lladd gafr a'i blingo a'i rhoi i Ram i'w choginio. Cawsom wledda fel byddigions ar gig gafr a llysiau a reis a ffrwythau o bob math, cyn gorwedd i lawr i gysgu, bob un ar rwg Cwci trwchus wedi ei wneud o gotwm naturiol ar y llawr bambŵ a gosgordd o Gwrcas ym mhen arall y tŷ yn ein gwarchod.

Cofiaf eiriau Williams fel roeddwn i'n suddo i freichiau

36

cwsg; 'Mae cysgu fan hyn 'run fath â chysgu mewn capel mawr!'

Roedd yn amlwg fod pennaeth Tualpui'n meddwl y byd o'r anrhydedd a osodwyd arno trwy osod dau *Sahib* yn ei bentref. Gwnaeth ei orau i roi pob rhwyddineb inni yn ei ffordd ei hun. A rhybuddiodd fi mai pobl fradwrus, greulon oedd y Nagas, yn enwedig pobl Laisong, a hynny bron yn yr un geiriau ac yr oedd *mama* Ilangle wedi'u defnyddio yn Nenglo i'm rhybuddio yn erbyn pobl Tualpui! Er mawr syndod i mi, roedd y rhelyw o bobl Tualpui, er mai Cwcis oeddynt, yn siarad yr iaith Zeme Naga'n rhugl; roeddent wedi cymysgu cymaint dros y blynyddoedd ac wedi masnachu â'i gilydd nes dod yn gyfarwydd iawn â'i gilydd. Ond roedd yr hen gasineb llwythol yn dal i fod; drwy'r cyfan Cwci oeddent yn y bôn.

Amser hapus oedd hwnnw a dreuliodd Williams a minnau yn Tualpui. Rhedai'r afon yn y pant islaw a buom ein dau'n loetran ar ei glan, gan esgus pysgota, ar lawer prynhawn hirfelyn. Ambell dro aem i hela, gydag un neu ddau o'r Gwrcas yn gwmni inni. Gyrrai'r pennaeth un o'i wŷr i'n harwain i'r rhan o'r goedwig lle'r oeddem fwyaf tebygol o weld carw neu faedd gwyllt. Daethom yn gyfarwydd â ffyrdd creaduriaid y wig; dysgu dweud wrth deimlo'r carthion pryd yr oedd eliffant wedi teithio ar y llwybr, neu wrth ffresni'r cynnwrf yn y pridd a'i faint, a oedd baedd gwyllt wedi bod yn turio yno'n ddiweddar.

Wedi nos byddem yn cael cwmni'r pennaeth, un ai yn ei dŷ o neu yn ein tŷ ni, a threuliem oriau meithion yn gorweddian yng ngolau'r tân yn sipian te coch (di-laeth) a gwrando arno'n sôn am arferion a choelion y Cwci. Mewn cymysgedd o Hindwstani ac iaith y Zeme y byddai'r pennaeth yn sgwrsio â ni. Chaem ni ddim anhawster i gyfathrebu'n rhwydd.

Oddi wrtho ef y dysgasom am rai o arferion rhyfedd ei lwyth; dysgu bod dynion Cwci yn gorfod lladd anifeiliaid gwyllt arbennig cyn cael y fraint o agor ffenest yn eu tai;

dysgu bod gwraig dyn yn cael dewis pwy bynnag a fynnai i gysgu gyda hi ar y nos y dychwelai ei gŵr o helfa lwyddiannus (byddai ei gŵr ei hun, fwy na thebyg, yn feddw gorn cyn i'r nos prin ddechrau, ar ôl bod yn dathlu'i lwyddiant gyda'i gymdeithion)! A dysgu hefyd fod merch Cwci yn hawlio swm uwch o lawer fel pris-priodas na merch Naga. Dim ond pedwar can rwpî oedd gwerth gwraig Naga, ond roedd rhaid talu mil o rwpîs am wraig Cwci.

Methai Williams â deall hyn: 'Dydi'r merched Cwci ddim *patch* i'r merched Naga, Dafydd,' maentumiai, 'a wir mae'r merched Cwci'n gwneud eu hunain yn hyllach trwy blethu'u gwallt a'i wneud o'n gwlwm afrosgo ar y corun. Rhowch i mi eneth Naga bob tro efo'i ffrins a'i ffurf osgeiddig. Mi fasa pedwar can rwpî yn swm bach i'w dalu am un ohonyn nhw. Cofia, mae 'na dipyn i'w ddweud dros y talu am wraig 'ma. Os na fydd hi'n plesio, adre â hi i'w chrogi! Dyna pam nad ydw i wedi priodi, wyddost, ofn y buaswn i'n difaru ymhen rhyw chwe mis, ac mi fasa'n rhy hwyr bryd hynny, a'r cwlwm wedi'i glymu! Ond, o ddifri, roeddwn i'n arfer meddwl bod bywyd yn syml ac yn union ymhlith pobol gyntefig. Gwarchod pawb! Mae o'n fwy cymhleth o lawer nag ydi o mewn cymdeithas wâr!'

Roedd pennaeth Tualpui â diddordeb mawr yng 'ngwlad y *Sahibs*', fel y galwai Brydain. Holai Williams yn aml am ein harferion a'n dull o fyw. Un peth a'i synnai oedd fod Williams wedi ei fagu ar dyddyn filltir i ffwrdd o bentre'r Dyffryn.

'Doeddach chi ddim yn byw mewn pentre?' holai.

'Na, roedd y pentre i lawr rhibyn o ffordd oddi wrth ein tŷ ni. Ond mi fyddwn yn mynd i'r ysgol i'r pentre bob dydd,' meddai Williams, 'ac yn mynd i siop y pentre i brynu nwyddau.'

'Oedd arnoch chi ddim ofn byw ar eich pen eich hun ar wahân i bawb?' gofynnai'r pennaeth. 'Mi fasa'n anodd iawn i ni bobl y llwythau fyw ar wahân. Mae'n tir ni'n perthyn i'r pentre; does gan neb dir ar wahân. Mae bod yn glwstwr o dai yn rhywfaint o amddiffyn i ni rhag anifeiliaid gwylltion hefyd. Anaml y gwnaiff haid o eliffantod hyd yn oed fentro i mewn i bentre. Ac mae *puja*, ein crefydd ni, yn mynnu inni wneud seremonïau gyda'n gilydd fel pentre. Os bydd un pentrefwr yn gwrthod ymuno yn y *puja* rhaid ei fwrw allan o'r pentre. Dyna sydd wedi digwydd i'r dyrnaid sydd wedi troi'n Gristnogion ymhlith ein pobl ni.'

Synnai hefyd glywed mai'n achlysurol y cynhelid ein ffeiriau ni yng Nghymru.

'Mae'n pobl ni yn dibynnu ar y basâr yn Mahur neu Harangajao neu Haflong am gyfle i werthu'n corn a'n sunsur a'n ffrwythau i ni gael arian i brynu pethau fel halen. Wrth gwrs, does dim llawer o lewyrch ar y marchnadoedd hyn yn ystod y gwrthryfel, er bod rhai Nagas a Cwcis yn dal i fynd â chynnyrch i'w werthu iddyn nhw'n achlysurol. Ond mae'r llwybrau'n beryglus y dyddiau hyn, fel y gwyddoch chi.'

Aeth yr wythnosau heibio heb i ddim arbennig ddigwydd. Roedd gan yr *Hafildar* syniad fod pentref Tualpui'n rhy gryf i'r Nagas feiddio gwneud cyrch arno, yn enwedig â'r Gwrcas yn ei warchod. Hwyrach ei fod o'n iawn. Draw yng nghyfeiriad Baladon yn ymyl gwastadedd Cachar yr oedd yr ymladd gan mwyaf bryd hyn; roedd pethau'n weddol dawel yn y Barail Uchel. A doedd dim sôn fod y fyddin fymryn yn nes ar ddal Gaidilŵ.

4

Un prynhawn cawsom frys-neges oddi wrth Major Wilkins yn ein gorchymyn i ddod i'w gyfarfod islaw Laisong. Roedd o wedi clywed fod Gaidilŵ yn llechu yn y pentref hwnnw. Dyma gychwyn ar unwaith yn fintai arfog o Tualpui (gan adael gwarchodlu digonol yno i ofalu am y pentref) a chyfarfod â mintai gref o Sikhiaid o dan arweiniad y Major.

Y gwaith cyntaf i'w wneud oedd anfon nifer o filwyr i sicrhau'r gamfa-gefn ac yna gorymdeithio'n syth i fyny'r bryn a thrwy giât y pentref i mewn i Laisong.

Llusgwyd pob copa walltog o bobl Laisong, yn wŷr a gwragedd a phlant, allan o'u tai a gwneud iddynt ymgasglu ar y llain tir tu allan i'r *hangseuki*. Dyna lle'r oedd y Major a *Hafildar* Sikh yn eu holi a'u bygwth yn yr iaith Hindwstani. Didolwyd nifer o'r merched ifainc a'u gosod ar wahân. Roedd y Major yn siŵr mai un ohonynt hwy oedd Gaidilŵ. Er mawr bryder imi, gwelwn fod Ilangle yn eu plith. Dyma'r tro cyntaf imi ei gweld er y noson honno pan ddaethom i adnabod ein gilydd yn Nenglo. Ond feiddiwn i ddim tynnu sylw ati trwy wenu arni na rhoi unrhyw arwydd fy mod yn ei hadnabod. Byddai gwneud hynny yn sicr o beri i Wilkins roi sylw arbennig iddi.

Er gwaethaf fy mhryder dros Ilangle, roedd y sefyllfa'n cosi fy synnwyr digrifwch: gweld y Major yn syllu'n graff i wyneb pob un o'r merched ifainc Naga yn y rheng o'i flaen, fel petai o'n siŵr o adnabod Gaidilŵ, petai o ddim ond yn ei gweld! P'run bynnag, roeddwn i'n weddol sicr nad Gaidilŵ oedd yr un o'r merched ifainc a safai o'i flaen.

Edrychais ar y gweddill o bentrefwyr Laisong a safai yn un twr o'r neilltu. Sylwais nad oedd dim un gŵr ifanc yn eu plith; roedd y rheini, mae'n debyg, i gyd ym mhen arall y Bryniau yn gwylio'u cyfle i daro'r fyddin.

Yn sydyn cefais glamp o syndod! Roedd yr hen wraig â llygaid llachar, a welsom ar ffordd Nenglo, yn y dorf yn Laisong! Mynegais fy syndod wrth Williams. 'Mae'r hen wraig honno, welson ni ar ffordd Nenglo y noson cyn lladd y Cyrnol, yma yn Laisong,' meddwn.

Craffodd Williams arni. 'Ie, yr un ydi hi'n siŵr ddigon,' meddai. 'Os mai hi ydi Gaidilŵ, mae hi'n medru actio'i phart i'r dim. Mi faswn yn taeru ei bod hi'n berwi o riwmatics y ffordd mae hi'n symud!'

Cerddais draw at y twr pentrefwyr i geisio cael sgwrs â'r hen wraig. Ond doedd hi ddim yn deall gair o fy Naga na'm Hindwstani! Serch hynny roedd arlliw o wên yn y llygaid pefriog du.

Daeth y Major draw ataf. 'Ydach chi wedi llwyddo i ddenu rhywfaint o wybodaeth o'r giwed yma?' holodd. 'Mi ddylech fedru dysgu rhywbeth efo'ch gwybodaeth chi o'u hiaith nhw.'

Ond hyd yn oed petawn i'n meddu ar rywbeth mwy nag amheuaeth, fo oedd yr olaf yn y byd y byddwn i'n cyffesu hynny wrtho!

Symudais yn ôl at y merched Naga ifainc imi gael bod o fewn cyrraedd i Ilangle rhag ofn imi gael cyfle i gael gair â hi.

Daliai'r Major a'r *Hafildar* Sikh i holi'r bobl. Yn ddisymwth gwelwn gynnwrf yng nghanol twr pobl y pentref. Gwahanodd y dorf a gwelais rywun yn ymrwyfo ar lawr mewn ffit. Doedd raid i mi ddim edrych yr ail waith i weld mai hen wraig ffordd Nenglo oedd yno. Roedd hi'n gorwedd ar ei chefn ac yn chwifio'i breichiau ac yn gweddi rhywbeth nerth ei phen yn yr iaith Zeme. Y cwbl y medrwn i ei ddeall oedd *Tingrui gau, rui gai lau*. Gwaeddai hyn dro ar ôl tro.

'Beth mae hi'n ei ddweud?' gofynnai Williams.

'Dweud wrthi am fwrw glaw,' atebais innau.

'Chredech chi byth! Un foment doedd yr un cwmwl ar gyfyl y ffurfafen las uwchben; wedi'r cwbl, y tywydd oer oedd hi, a does dim glaw yn disgyn yn ystod y tywydd oer fel rheol ac eithrio ambell gawod tua'r 'Dolig. Ond yn hollol annisgwyl fe lanwodd y nen â chymylau a dyma hi'n tywallt y glaw arnom ni fel o grwc! Doedd cawodydd y monsŵn ddim ynddi hi! Welais i na chynt nac wedyn y fath law; doedd dim dichon gweld llathen o'ch blaen gan y llenni glaw.

41

Fe aeth yn siop siafins yno'n syth! Milwyr a brodorion, fel ei gilydd yn cythru am gysgod fel brain yn gwasgaru ar ôl ergyd! Aeth Williams a minnau ar ras i gyfeiriad yr *hangseuki*, a oedd yn nes inni, fe dybiwn, nag unrhyw adeilad arall, ond a oedd serch hynny, yn anweledig rywle yn y genllif glaw. Fe fuom dipyn o amser yn cael hyd i'r *hangseuki* yn y mwrllwch. O'r diwedd dyma weld ei dalcen uchel yn brigo o'u blaenau. Ond cyn inni gael cyfle i fynd i mewn iddo, gafaelodd llaw ynof a'm tynnu i gyfeiriad arall. Yr hen wraig a gawsai ffit oedd yno. Tywysodd Williams a minnau drwy'r glaw, a oedd yn dal i arllwys i lawr, i dŷ yr ochr arall i'r pentref. Aeth y ddau ohonom i mewn a gweld hanner dwsin o Sikhiaid barfog yn ymrafael â nifer o enethod Naga. Yn eu plith yr oedd Ilangle, yng ngafael yr *Hafildar* Sikh, a hwnnw'n ceisio'i threisio ar y llawr.

Gwaeddais orchymyn i'w galw i drefn. Fuasai waeth imi ganu grwndi ddim! Chymerodd yr un ohonynt ddim mymryn o sylw!

'I'r gad!' gwaeddodd Williams, fel petai'n filwr ym myddin Glyndŵr, a thaflu ei ddeunaw stôn ar y Sikhiaid. Cyn pen chwinciad roedd dau o'r giwed yn gwyniasu ar lawr wedi i Williams gnocio'u pennau yn ei gilydd.

Gwelais hyn i gyd trwy gil fy llygaid; erbyn hyn roeddwn innau afael yng ngafael â'r *Hafildar*. Gorfodais ef i ollwng ei afael yn Ilangle a rhoi cic iddo yn ei ben nes oedd o'n llonydd. Trois i wynebu Sikh arall oedd wedi tynnu ei *kirpan*—cleddyf traddodiadol y Sikh—i ymosod arnaf. Roedd llafn rasel-fin y cleddyf yn gwau o fewn modfedd i'm hwyneb fel y ceisiwn ei osgoi. Ond roedd gen innau arf wrth law, y *cwcri*, erfyn y Gwrca. Am eiliad neu ddau roedd sgrialu dur ar ddur ym merwino'r glust, ac yna roedd y *cwcri* mwy trwchus wedi cario'r dydd a'r cleddyf tenau yn ddeuddarn. Arhosodd y Sikh, â bôn y cleddyf yn ei law, ddim moment yn hwy yn y frwydr, ond ei heglu hi am ei fywyd trwy'r drws agored i'r glaw; roedd o wedi dychryn am ei fywyd, mae'n siŵr. Ac yn wir, doeddwn innau fawr gwell! Eisteddais ar y gwely bambŵ wedi ymlâdd yn lân, yn gwylio Williams yn codi'r olaf o'r Sikhiaid uwch ei ben a'i ollwng yn glats ar lawr.

Roedd Ilangle wrth fy ochr erbyn hyn, yn gafael ynof ac yn f'anwylo, a Williams yn sefyll fel rhyw gawr gwarcheidiol, yn gwylio pob symudiad o eiddo'r Sikhiaid druain oedd yn ymrwyfo mewn poen ar y llawr. Ond doedd dim golwg o'r hen wraig oedd wedi'n tywys ni trwy'r glaw i'r tŷ.

Wedi i'r cnafon barfog ddod yn abl i sefyll ar eu traed, lluchiodd Williams hwynt allan o'r tŷ gan ddweud: 'Sôn am gomandos yn rhyfel y Boer! Doeddan nhw'n ddim i'w cymharu â ni'n dau. Rydan ni'n haeddu medal am ein rhan yn y sgarmes heno!'

'Nid medal gawn ni, yn ôl pob tebyg, ond tafod,' atebais innau 'unwaith y bydd y criw barfog gwalltog 'na wedi cael cyfle i ddweud eu cŵyn wrth y Major!'

'Choelia i fawr!' oedd ymateb Williams, 'Mi fydd arnyn nhw ormod o g'wilydd i sôn am y sgarmes wrth y Major.'

Roedd o'n iawn hefyd. Chlywsom ni ddim am y peth wedyn. Ond roeddwn i'n ddigon call i wybod y byddai'r *Hafildar* Sikh a'i griw yn gwylio'u cyfle i dynnu blewyn o'n llygaid ni o hyn allan.

Prin fy mod i wedi cyflwyno Ilangle i Williams, cyn i'r biwgl ganu i alw'r milwyr i gyd ynghyd. Cyn inni fedru gadael, daeth Nain Singh, fy *Hafildar* Gwrca i'r tŷ. Adroddais wrtho am y Sikhiaid yn ceisio treisio'r genethod Naga a'r modd y cawsent eu baeddu. Lledodd gwên o glust i glust dros ei wyneb llydan. Doedd Nain Singh ddim yn hoff o'r Sikhiaid!

'Dyma Ilangle,' meddwn wrtho. 'Mae hi a fi'n ffrindiau. Cofia, Nain Singh, os gweli di hon mewn angen help, rwyt ti i'w helpu.'

'*Atcha, Sahib*', atebodd y Gwrca gyda saliwt.

Plygais i gusanu Ilangle wrth ymadael, a gweld fod Williams hefyd yn cusanu merch yr oedd o wedi ei hachub o ddwylo un o'r Sikhiaid.

'Isuongle ydi hon, Dafydd,' meddai, gan wrido o glust i glust.

'Rwyt ti'n weithiwr cyflym, boi,' meddwn wrtho.

'Dal ar fy nghyfle yntê, Dafydd?' Ac wrth i ni brysuro i ymuno â'r Major ychwanegodd, 'O'r ddwy ffordd o ddofi'r Nagas 'ma, ymladd â nhw neu garu â nhw, yr ail ydi newis i bob tro!'

'Rwyt ti'n dechrau dod i'r afael â bywyd rŵan, 'y ngwas i,' meddwn innau. 'Rwyt ti wedi rhedeg i ffwrdd oddi wrth ferched er pan oeddat ti'n llencyn. Ac wedi cadw dy fod yn gaead fel cnapyn blodyn heb agor. Ond rŵan mi fydd dy betalau di'n agor a dy bersawr di'n mynd ar led i'r pedwar gwynt! Ha, ha!'

'Tro'r tap barddonol 'na i ffwrdd, boi neu mi fydd Wilkins yn meddwl dy fod ti'n *dwlali,* 'oedd ymateb Williams. A fo gafodd y gair olaf.

Roedd Wilkins mewn tymer ddrwg pan ddaethom ato. Gofynnodd yn haerllug inni ble'r oeddem wedi bod. Cwynai fod ei fyddin wedi ffoi o flaen ychydig o law ac wedi gadael i hanner poblogaeth Laisong ddianc ac, yn ôl pob tebyg, Gaidilŵ yn eu mysg. Yn wir, roedd llawer o bobl Laisong wedi diflannu i rywle, a chan fod y dynion oedd yn gwarchod y gamfa-gefn yn dal wrth eu gorchwyl, rhaid bod rhyw ffordd arall, un ddirgel, i adael y pentref. Mynnai'r gwarchodwyr nad oedd neb wedi mynd heibio iddynt hwy.

'Does dim gobaith cael gafael ar Gaidilŵ yma bellach,' maentumiai'r Major. Cytunwn ag ef. Os oedd hi yno cynt, roedd hi'n sicr o fod wedi diflannu bellach. Gan ei bod hi'n dechrau tywyllu, penderfynodd Wilkins y byddai'n well inni gymryd meddiant o rai o'r tai ac aros yn Laisong dros

44

nos. Dewisodd feddiannu'r *hangseuki* ar ei gyfer ef ei hun a'r Sikhiaid.

'Mi feddiannwn ninnau, y Gwrcas a'r Sarjant a minnau rai o'r tai y buom yn cysgodi ynddyn nhw,' meddwn innau wrtho. Cytunodd yntau.

'Mae'n well inni beidio â chrynhoi'r milwyr i gyd yn yr un lle,' meddai.

Brysiodd Williams a minnau'n ôl i dŷ Ilangle. Ond cawsom siom. Doedd Ilangle nac Isuongle ddim yn y tŷ. Y cwbl y medrwn ei gael yn ateb i'm hymoliadau yn eu cylch oedd eu bod 'wedi mynd'. Nid oedd neb yn barod i ddweud i ble roeddent wedi mynd na pham, nac yn wir sut yr oeddent wedi medru gadael, a'r mynedfeydd yn cael eu gwarchod.

Fore trannoeth gelwais yn yr *hangseuki* i edrych beth oedd cynlluniau Major Wilkins. Roedd o a'i ddynion yn paratoi i ymadael a dychwelyd i Hangrum. Gorchmynnodd i minnau ddychwelyd i Tualpui. Felly y bu.

Cyrhaeddasom Tualpui i gael y newydd fod y Nagas wedi gwneud cyrch ar y pentref y noson cynt. Roeddent, mae'n amlwg, yn gwybod ein bod ni yn Laisong, ac wedi cymryd y cyfle i ymosod ar eu hen elyn, y Cwci, yn ein habsenoldeb. Ond doedden nhw ddim wedi cael popeth eu ffordd eu hunain; roedd gwylwyr Tualpui wedi clywed sŵn ar ffin y pentref ac wedi rhoi rhybudd i'r Gwrcas a adawswn i ar ôl. Doedd y Nagas ddim wedi sylweddoli fod rhai o'r Gwrcas yn dal yn y pentref. Bu hanner awr o ymladd caled cyn i'r Nagas ddiflannu yn y gwyll.

Pan oeddwn wrthi'n holi *Naik*, y Gwrca a adawswn i ar ôl yn Tualpui ynglŷn â'r cyrch, daeth negesydd Cwci a'i wynt yn ei ddwrn i ddweud fod y Nagas wedi dal y rhan o'r fyddin oedd dan ofal Wilkins mewn trap ar ffordd Nenglo. Roedd rhan o'r llwybr yn mynd ar hyd silff gul â chlogwyn serth islaw ac uwchlaw iddi, ac roedd y Nagas wedi llwyddo i gau'r llwybr ymlaen ac yn ôl, gan adael y

Major a'i wŷr heb ffordd ymwared o gwbl. A chan fod tro yn y llwybr, doedd dim dichon saethu at y rhai oedd yn cau'r llwybr.

'I wneud pethau'n waeth,' meddai'r Cwci oedd wedi dod â'r newydd, 'mae 'na haid o ferched Naga ar ben y clogwyn uwchlaw lle mae'r milwyr wedi eu dal, ac maen nhw'n treiglo cerrig mawr i lawr ar bennau'r milwyr. Mi welais i ddau neu dri â'm llygaid fy hun yn cael eu taro i lawr oddi ar y silff i'r dyfnder islaw.'

'O ble roeddat ti'n gweld hyn i gyd?' gofynnais iddo.

'O'r ochr arall i'r ceunant,' oedd yr ateb. 'Dydi o ddim yn bell ar draws y ceunant; mi fedrwch weld popeth yn glir o'r ochr draw.'

Mynnais iddo arwain Williams a minnau a nifer o'r Gwrcas i'r fan lle'r oedd o wedi gweld y Major a'i wŷr ar y silff.

'Mi fedrwn ni saethu at y Nagas o'r fan hon,' meddwn wrth Williams, fel roeddem ni'n cyrraedd y fan gogyfer â lle'r oedd y fyddin. Roeddem yn gweld popeth yn glir, y llanciau Naga ar ddeupen y silff a hyd yn oed y merched ar ben y clogwyn. 'Does arna i ddim eisiau i chi daro neb; dim ond saethu i'w rhybuddio nhw. Saethwch uwch eu pennau nhw.'

Doedd dim angen ail rybudd ar y Nagas. Diflannodd pob un ohonynt ar amrantiad, hyd yn oed y merched oedd yn bwrw'r cerrig i lawr y clogwyn. Gwaeddais ar Wilkins fod ei lwybr yn glir bellach ac aeth ef a'i wŷr yn eu blaen i gyfeiriad Hangrum. Rhybuddiais innau'r *Hafildar* Gwrca i ofalu peidio â sôn ymhlith y Sikhiaid fy mod i wedi gorchymyn iddynt saethu dros bennau'r Nagas.

'Peidiwch â phoeni, *Sahib*,' meddai Nain Singh. 'Mi fostiwn ni yn Hangrum, tro nesa y byddwn i yno, ein bod ni wedi saethu miloedd o Nagas heddiw!'

'Ysgwn i oedd Isuongle a Ilangle ymhlith y merched Naga 'na oedd yn rowlio cerrig ar ben y Major a'i wŷr

46

heddiw?' meddai Williams, fel roeddem ni'n cerdded yn ôl i Tualpui.

'Os oedden nhw dydw i ddim yn eu beio nhw,' atebais innau. 'Does ganddyn nhw ddim achos i garu'r Sikhiaid. A pheth arall, petai Wilkins wedi'u dal nhw, mi fasa'n eu saethu nhw heb ddim lol fel gelynion. Felly mae'n iawn iddyn nhw edrych arno fel eu gelyn. Yn fy marn i, nhw sy'n iawn ac nid ni. Does gynnon ni ddim busnes i fod yma yn rhoi trafferth i'r Nagas.'

'Ond beth am hawliau'r Cwcis?' holai Williams.

'Ar ôl clywed 'u hochor nhw i'r ddadl, rydw i'n deall agwedd y Nagas at y Cwcis hefyd. Y Nagas oedd yn y wlad 'ma gynta. Dŵad i mewn i'r Bryniau 'ma wedyn o Lwshai a Manipwr wnaeth y Cwcis, wedi eu bwrw allan o'r mannau hynny gan bobl eraill. Ac mi welson fod 'na, yn eu tyb nhw aceri lawer o goedwig heb eu defnyddio. Ond doeddan nhw ddim yn gwybod bod eu dull nhw o drin y tir yn wahanol i ddull y Nagas. Llosgi'r jyngl a hau had yn y lludw ffrwythlon sy'n dilyn y mae'r Nagas a'r Cwcis fel ei gilydd. Ond mae'r Cwcis fel rheol yn symud ar ôl rhyw dair blynedd ac yn cychwyn pentref mewn lle gwahanol, tra mae'r Nagas yn aros yn yr un pentre. Mae hyn yn golygu fod ar y Nagas angen llawer mwy o dir yn gysylltiedig â'r pentre na'r Cwcis, cylch o tua deng milltir ar hugain, fel y gallan nhw ddal i losgi jyngl a thrin y tir o fewn pellter cyfleus i'r pentre. Trwy symud eu pentre i ran newydd o'r jyngl, ymhell o'i safle blaenorol, mae ar y Cwcis angen llai o dir i gael eu meysydd o fewn pellter cyfleus iddyn nhw. Mi fedri di ddeall llid pobl Laisong tuag at y Llywodraeth am adael i'r Cwcis ymsefydlu yn Tualpui, ar garreg drws Laisong fel petai, yng nghanol y tir oedd yn angenrheidiol ar gyfer eu cylch amaethu. Mae Cwcis Tualpui yn llosgi jyngl oedd yn perthyn i bentre Laisong yn wastadol. Efo'r Nagas mae 'nghydymdeimlad i, beth bynnag.'

'A finnau hefyd, petai dim ond am mai Naga ydi Isuongle,' ategodd Williams. 'Teyrngarwch personol ydi 'nheyrngarwch i, at Isuongle ac Ilangle a'u teuluoedd. Rhwng y lleill a'i gilydd wedyn!'

'Hwyrach mai fel'na mae Gaidilŵ'n teimlo,' meddwn innau, 'mynd allan o'i ffordd i dy gadw di a mi'n ddiogel, a gadael dynion gwyn eraill y fyddin i gymryd eu siawns.'

'Gyda llaw,' meddwn. 'Rŵan fod gen ti gariad o blith y Nagas, wyt ti'n teimlo cywilydd dy fod ti'n canlyn merch dywyll?'

'Brensiach nac ydw!' atebodd Williams 'wnaeth y fath syniad ddim dod i 'mhen i o gwbwl. Erbyn meddwl dydw i ddim yn synio am Isuongle fel merch dywyll ei chroen, wir dwn i ddim ydi'r term yn gywir yn achos merched y Bryniau; maen nhw mor olau eu crwyn; bron mor olau â ninnau. Dydw i ddim yn siŵr nad ydi'n well gen i ferch a thipyn o ôl yr haul arni yn lle rhyw *delicate flower* lliw blawd! Beth wnaeth iti godi'r mater, Dafydd? Ydi dy gydwybod di'n dy boeni dy fod ti'n caru â merch o'r Bryniau?'

'Nac'di, ddim yn fy mhoeni i fel y cyfryw,' atebais innau 'ond mae 'na ryw rithyn o euogrwydd yn dod drosta i weithiau. Paid â 'nghamddeall i; nid poeni rydw i fy mod i'n cymryd mantais annheg ar Ilangle; mae ganddi hi bersonoliaeth o'r eiddo'i hun ac mae hi'n gwybod beth mae hi'n ei wneud a fedr neb ei gorfodi hi i wneud dim; rydw i'n siŵr o hynny. Ond mae rhyw ofn bach yn llechu yn nyfnderoedd fy nghalon i; ofn imi gario rhai o *germs* y Gorllewin iddi hi. Mae ei phobl hi wedi bod ar wahân am ganrifoedd a heb ddod i gyffyrddiad â'r heintiau sy yn y byd mawr tu allan; fe allai hedyn y frech goch neu annwyd hyd yn oed o'r Gorllewin beri llanast yn ei chorff hi ac ymhlith ei phobl hi, fel y gwnaeth ffliw 1917 pan ddaeth o i bentrefi'r Bryniau a lladd pob copa walltog mewn rhai pentrefi. Dyna'r ofn sy arna i.'

'Wyddost ti be, Dafydd,' meddai Williams. 'Rydw i'n

meddwl dy fod ti mewn cariad gwirioneddol â'r hogan Ilangle 'na!'

5

Treiglodd bywyd yn ei flaen yn hamddenol yn Tualpui yn ystod y dyddiau nesaf. Anodd credu ein bod yng nghanol rhyfel gwaedlyd. Doedd dim yn torri ar hedd Dyffryn y Jenam; yr haul yn gynnes liw dydd a'r sêr yn pefrio liw nos. Hawdd fuasai tybio mai garsiwn ar adeg o heddwch oedd y platŵn Gwrca yn Tualpui. Eisteddai'r dynion yng nghysgod y coed ar lawnt y pentref yn chwarae cardiau a deis yn y golau llachar, ac ambell wiwer-adeiniog fach yn siffrwd trwy'r dail uwch eu pennau. Ac wedyn, wedi iddi nosi, byddai'r drwm mawr yn dod allan a'r criw o gwmpas y tân ar y lawnt yn canu cerddi hiraethus Nepal ar donau undonog lleddf.

Torrwyd ar ein hedd gan negesydd yn ein galw'n ôl i Hangrum. Roedd Nagas Baladon wedi gwneud cyrch gwaedlyd ar Ardd De yn y Gwastadedd ac wedi casglu nifer da o bennau a dinistrio eiddo Prydeinig. Rhaid oedd dial arnynt; roedd mintai gref o filwyr yn mynd i lawr o Hangrum i Baladon i'w cosbi, ac roedd ein hangen ninnau i gymryd lle'r fintai honno yn y garsiwn. Gwersyll Hangrum, wrth gwrs, oedd ein prif wersyll ar Fryniau'r Barail.

Dyma gychwyn o Tualpui yn gynnar yn y prynhawn a'n paciau'n drwm gan lieiniau brodorol a ffrwythau a roed inni'n anrhegion gan y pentrefwyr. Er mai cymharol fyr fu'n harhosiad yno, roedd y lle a'r bobl wedi ei gwau i mewn i batrwm ein bywydau. Yng ngeiriau Williams: 'Mi fydd yn chwith gen i adael y lle 'ma. Roeddwn i wedi dod i deimlo fod y feibresions yn iawn yma!'

Dwn i ddim beth wnaeth inni frysio ar ein taith i Hangrum. Doedd dim penodol yn galw am frys. Roedd gennym ddigon o amser i gyrraedd erbyn nos. Ac eto roedd rhywbeth yn fy ngyrru i frysio . . .

Cyraeddasom Hangrum, a mynd heibio i waelod y clogwyn lle'r oedd y llwybr yn troi i fyny at y barics-drosdro. Pwy oedd yno'n ein disgwyl ond Isamle, yn sefyll o flaen ei thŷ.

'*Sahib*,' meddai mewn Hindwstani. 'Mae gen i *bohut karap khobor* (newydd drwg iawn) i chi. Mae Ilangle ac Isuongle wedi cael eu dal gan y fyddin a'u rhoi mewn cell. Mae'r ddwy'n cael eu hamau o fod ymhlith y merched fu'n bwrw cerrig mawr i lawr ar y milwyr ar y llwybr rhwng Laisong a Nenglo. Ac, i wneud petha'n waeth, mae'r *Hafildar* Sikh yn amau'n gryf mai Ilangle ydi Gaidilŵ. Mi wyddoch chi nad oes dim gwir yn hynny.'

'Gwn,' meddwn innau, 'chi ydi Gaidilŵ, yntê?'

'Fi'n Gaidilŵ?' atebodd mewn syndod. 'Beth roddodd y syniad yna yn eich pen chi? Pwy ŵyr pwy ydi Gaidilŵ? Hwyrach y datgelir y gyfrinach i chi ryw ddydd. Ond y peth pwysig ydi bod Ilangle mewn peryg marwol, peryg o gael ei chrogi gan y Major cibddall 'na. Rhaid ffeindio ffordd i'w gwaredu o ddwylo'r milwyr. Da chi, meddyliwch am ryw gynllun i gael y ddwy yn rhydd! Ac os bydd angen cynorthwy gan y Nagas, gyrrwch neges ata i, Isamle, trwy ryw Naga, mab neu ferch; maen nhw i gyd yn driw i Gaidilŵ. Hyd yn oed os na fedrwch chi gael gafael ar negesydd, mi fydd Gaidilŵ yn siŵr o wybod os bydd arnoch chi angen help. Rydach chi'n cofio'r freuddwyd gawsoch chi yn tydach?' Edrychodd i fyw fy llygaid i. Yn wir merch ryfedd oedd hon!

Roeddwn i am fynd at y Major yn syth a mynnu cael Ilangle ac Isuongle'n rhydd. Fedr o ddim gwrthod hynny, meddyliwn, os rhof i fy ngair iddo 'mod i'n adnabod Ilangle'n dda ac yn berffaith sicr mai rhywun arall ac nid hi ydi Gaidilŵ. Ond roedd Williams yn gryf yn erbyn y fath gwrs.

'Os ei di at Wilkins a dweud fy fod di'n gyfeillgar ag

50

Ilangle, mi ddaw'r holl hanes allan ac mi cyhuddith di a minnau o frad, gan ein bod ni'n cyfeillachu â'r gelyn. Mi fasat allan o'r fyddin ar dy war ac yn ffodus petait ti'n cael mynd adre i Gymru heb dymor yn un o garcharau drewllyd yr India! Na! Thâl y ffordd yna ddim. Rhaid inni ddod o hyd i ffordd amgenach i waredu'r ddwy eneth 'na o law y Major. Rhaid bod yn gyfrwys wrth ddelio â llwynog fel Wilkins. Fy nghyngor i ydi inni yrru'r *Hafildar* Nain Singh i gymysgu â rhai o'i gymrodyr Sikh, i ddarganfod beth yn hollol sy wedi digwydd i'r ddwy eneth, ble maen nhw'n cael eu cadw a beth mae Wilkins yn fwriadu ei wneud â nhw.'

'O'r gorau,' meddwn innau. 'Mi wnawn ni hynna 'ta.' A dyma alw Nain Singh i mewn.

Erbyn inni ymolchi a'n twtio'n hunain ar ôl y daith, roedd Nain Singh yn ôl gyda'r newydd fod yr *Hafildar* Sikh yn clochdar fel ceiliog ar ei domen, wrth ei fodd eu bod nhw wedi dal y ddwy eneth. 'Mae o'n bygwth eu crogi nhw o gangau uchaf y goeden sydd o flaen yr *hangseuki* yn Hangrum 'ma,' meddai'r Gwrca, 'ac yn disgrifio mewn termau ffiaidd beth mae o'n ei fwriadu'i wneud iddyn nhw cyn eu crogi!'

Dywed Williams fy mod i wedi mynd cyn wynned â'r galchen pan ddywedodd Nain Singh am y bygythiad i grogi Ilangle. Fedrwn i ddim goddef y syniad o weld ei chorff gosgeiddig hi'n hongian yn llipa oddi ar raff!

'Howld on, was,' meddai. 'Paid â cholli dy limpyn. Mi fydd raid iti fynd i weld y Major, a chymryd arnant nad wyt ti wedi clywed dim am ddal Ilangle na Isuongle, er mwyn i ti gael gwybod gan y Major beth yn hollol ydi'r sefyllfa.'

Er nad oedd y Major ddim ond newydd gyrraedd yn ôl o ardal Baladon, roedd o mewn hwyliau gwell nag y gwelais i ers tro bryd. Aeth cyn belled â chynnig sigarét imi, ac roedd hynny'n beth mawr i un oedd mor grintachlyd gyda'i sigaréts fel rheol!

'Lefftenant Jones,' meddai. 'Mae'r rhyfel 'ma cystal â bod drosodd. Glywsoch chi'r newydd? Rydan ni wedi dal Gaidilŵ o'r diwedd. Mi gaiff ei chrogi o flaen yr holl bentre drennydd, pan ddaw gweddill y milwyr yn ôl o Baladon; wir rydw i bron â gadael i'm Sikhiaid ei chael hi gynta i gael dipyn o sbort efo hi ac wedyn ei chrogi hi! Mi fyddai hynny'n eithaf tâl iddi hi am wrthryfela yn erbyn y *Raj*. Ac mi rydw i am grogi ei chydymaith hi hefyd yr un pryd, rhag ofn i Gaidilŵ fod yn unig ar y crocbren. Ha, ha!' A chrechwenodd mor atgas nes y bu bron i mi â chnocio'i ddannedd melyn o i lawr ei gorn gwddw.

Mae'n debyg iddo sylwi nad oeddwn i'n mwynhau ei ymgais o i fod yn ddigrif. Ychwanegodd: 'Ond roeddwn i'n anghofio, Lefftenant Jones, eich bod chi'n gyfeillgar â'r Nagas 'ma. Hwyrach y medrwch chi fynd i weld Gaidilŵ yn ei chell, a'i pherswadio hi i ddweud pwy ydi'i phrif ganlynwyr hi, inni gael crogi'r rheini'r un pryd!'

Dwn i ddim sut y medrais i ddal heb ddefnyddio fy nyrnau ar Wilkins. Roedd fy ngwaed i'n berwi, ond mi lwyddais i ymddangos yn oer a didaro, a dweud yn sychlyd wrth y Major y byddai'n ddoethach iddo anfon y ddwy ferch i gael eu cadw mewn carchar ar y Gwastadedd yn hytrach na'u crogi yn Hangrum.

'Mi fydd gweld eu crogi nhw'n cynddeiriogi mwy fyth ar y Nagas,' meddwn. 'Crogi gŵr Gaidilŵ fu'n achos i'r gwrthryfel ailennyn, yn ôl be rydw i wedi'i glywed, a pheri i Gaidilŵ gymryd drosodd faner ei gŵr. Mi all yr un peth ddigwydd eto.'

Ond doedd dim symud ar y Major. Crogi Ilangle, neu Gaidilŵ fel y tybiai o, oedd i fod. Collodd ei dymer am fy mod yn ei groesi.

'Ydach chi'n meddwl eich bod chi'n gwybod yn well na fi, Lefftenant?' meddai. 'Mae'r awdurdodau wedi bod yn rhy ffeind wrth y Nagas. Y dwrn dur ydi'r unig beth maen nhw'n ei barchu.'

Pan adewais i gwt bambŵ'r Major, roeddwn i'n chwys

oer drosof ac yn crynu fel deilen. Roeddwn i'n benderfynol o achub y ddwy eneth o grafangau Wilkins a'r Sikhiaid, hyd yn oed pe costiai hynny fy mywyd imi. Hwyrach y byddwn yn teimlo'n wahanol petai'r genethod wedi cael eu saethu, pan oedden nhw'n bwrw cerrig ar bennau'r milwyr; wedi'r cyfan, gweithred filwrol fuasai honno. Ond eu crogi mewn gwaed oer ... A gwyddwn nad Gaidilŵ oedd Ilangle.

'Rhaid inni weithredu nos yfory fan bella,' meddwn wrth Williams fel roeddwn i'n adrodd hanes fy nghyfweliad â Wilkins wrtho. 'Mae'r Major yn sôn am grogi'r ddwy ferch drennydd.'

'Oes gen ti ryw arlliw o gynllun i'w cael nhw'n rhydd?' gofynnodd Williams.

'Wel, mi fydd raid inni dorri i mewn i'r gell lle mae'r ddwy'n cael eu cadw'n gaeth o leia.'

'Ie ond sut rydan ni mynd i wneud hynny a hanner dwsin neu fwy o Sikhiaid arfog yn eu gwarchod nhw?'

'Dyna'r broblem,' atebais innau. 'Wrth gwrs fe fedren ni dynnu'r Gwrcas i mewn i'n helpu ni. Mi fydden wrth eu bodd yn cael esgus i gael sgarmes â'r milwyr Sikh. Ond fyddwn i ddim yn teimlo'n dawel fy nghydwybod ynglŷn â hynny; peth atgas fyddai i ni ddefnyddio'n hawdurdod i osod un rhan o'r fyddin rydan ni'n perthyn iddi yn erbyn y llall. A phetai'r cynllwyn yn methu a'r holl beth yn dod i'r golau fe fyddai'r Gwrcas a ninnau yn cael ein cosbi'n llym. Na, mae'n rhaid fod gwell ffordd i gyrraedd ein hamcan na hynna.'

Buom yn pendroni tan berfeddion nos, ond heb ddod i benderfyniad pendant ynglŷn â sut i gael y ddwy eneth yn rhydd.

Ond doedd dim angen i ni fod wedi poeni. Fore trannoeth daeth y *gechipai,* yr hen wraig a welswn ar ffordd Nenglo, ar ymweliad â'r gwersyll. Gwelwn ei bod yn gwerthu math o dlysau i'r milwyr. Gofynnais i Ram beth oedd y tlysau.

'Tlysau i ddod â lwc i chi,' meddai. 'Mae'r hen wraig 'na'n debyg o wneud ei ffortiwn wrth eu gwerthu nhw. Mae'r Sikhiaid yn prynu pob math o geriach fel'na. Maen nhw'n credu fod *talisman* yn medru'u cadw nhw rhag cael eu lladd mewn brwydr.'

'Beth amdanat ti?' gofynnais. 'Wyt ti'n credu mewn swynion tebyg?'

'O ydw,' atebodd. 'Mae'n debyg y pryna innau un o'r tlysau ganddi hi. Mae'r Nagas yn dweud fod ei swynion hi'n nerthol iawn. Fedrwn ni sy'n filwyr ddim fforddio anwybyddu cyfle i brynu swyn effeithiol, sy'n cadw dyn rhag syrthio mewn sgarmes.'

Daeth ag un o'r tlysau imi ei weld. Tlws syml iawn o fetel gwyn amrwd ydoedd, â charreg fach las olau wedi ei gosod ynddo, tebyg i'r garreg a osodir yn y tlysau rhad a werthir yn y basâr yn Darjeeling. Roedd twll yn y metel i chi fedru rhoi llinyn trwyddo er mwyn gwisgo'r tlws.

'Mae hi wedi bod yma'n gwerthu tlysau i'r milwyr o'r blaen,' meddai Ram, 'ac fe fu'r rhai a brynodd dlysau ganddi'r pryd hynny yn ffodus; cafodd un ei ddyrchafu'n Naik ac fe roddodd gwraig un arall enedigaeth i fab. Dyna pam fod cymaint o fynd ar y tlysau heddiw.'

Cyn ymadael, daeth yr hen wraig at fy *basha* i gynnig un o'r tlysau i mi. 'Cymerwch o, *Sahib,*' meddai, ac yna sibrwd. 'Mi ddaw â lwc i chi. Ond mae arna i ofn mai anlwc ddaw efo fo i rai o'r milwyr 'ma. Mi ânt i gysgu heno ond fydd 'na ddim deffro iddyn nhw.' Trodd i ymadael, ond cyn mynd sibrydodd drachefn. 'Rhwng un a dau fydd yr amser gorau i fynd am dro i'r celloedd heno; mi fydd y ffordd yn glir bryd hynny.'

Adroddais yr hanes wrth Williams. 'Hwyrach na fydd arnon ni ddim angen y Gwrcas i'n helpu i ryddhau'r genethod wedi'r cwbwl,' meddwn wrtho.

'Tybed dy fod ti'n rhoi gormod o bwysau ar air yr hen wrach?' oedd ei ymateb o. 'Mi awn ni i wneud ymgais i'w cael nhw'n rhydd p'run bynnag tua dau o'r gloch y bore.

Does dim rhaid i neb wybod pam rydan ni allan 'radeg honno o'r nos. Mi allwn yn hawdd ddweud mai mynd i edrych ydi popeth yn iawn ydan ni. Ac os gwelwn ni fod angen y Gwrcas arnon ni, mi fydd yn ddigon buan i'w galw nhw i mewn bryd hynny.'

Cytunais innau. Yn ffodus, roedd gennyf esgus gwych i fynd i weld y ddwy eneth yn ystod y dydd; roedd Wilkins wedi gofyn imi gael sgwrs â nhw, a cheisio darganfod mwy am arweinwyr eraill y gwrthryfel. Gallwn felly rybuddio'r genethod ein bod yn bwriadu gwneud ymgais i'w rhyddhau y nos honno.

Gan nad oedd eu gwarchodwyr Sikh yn deall yr iaith Zeme, cefais gyfle i rybuddio'r ddwy i'n disgwyl wedi iddi dywyllu. Cymerais arnaf fod yn sarrug wrthynt a bygwth eu taro unwaith neu ddwy, er mwyn twyllo'r Sikhiaid. Gwyddwn y byddai adroddiad llawn ar f'ymweliad â'r ddwy yn mynd i glustiau'r Major. Gwelwn oddi wrth wyneb Ilangle ei bod yn straen arni i ymgadw rhag taflu dwy fraich am fy ngwddw ar y dechrau. Ond llwyddodd i ymatal a chwarae ei rhan.

Gwaeddodd arnaf mewn llid fel petai hi'n fy mlagardio ond roedd y geiriau a lefarai'n gwbl groes i hyn. 'Dafydd, rydw i'n dy garu di â'm holl galon'! Bygythiais ei tharo eto gan obeithio fod y Sikhiaid yn credu'n wirioneddol mai fy nhafodi roedd hi.

O'r diwedd daeth yr amser i Williams a minnau fynd i ryddhau'r genethod. Aethom allan i'r nos serog, heb wybod beth i'w ddisgwyl, ac anelu am y carchar-dros-dro. Rhoddais ochenaid o ryddhad pan welais fod y pedwar gwarchodwr yn gorwedd ar y llawr yn cysgu'n drwm, a phob un ohonynt yn gwisgo un o dlysau'r *gechipai*. Aeth Williams i'r cefn, rhag ofn bod un o'r gwylwyr yno ar ddi-hun. Roedd dau wyliwr yn yr un cyflwr yn gorwedd yn y cefn. Tynnais folltau'r drws o'u hagen ac roedd Ilangle yn fy mreichiau mewn amrantiad a Williams wrth fy ochr yn cofleidio Isuongle. Doedd dim moment i'w golli; gorau po gyntaf y caem y ddwy ferch yn glir o'r pentref. Erbyn inni fynd at y gamfa-gefn, gwelsom fod gwylwyr honno hefyd mewn trwmgwsg. Roedd swyn y *gechipai* wedi bod yn effeithiol dros ben!

'Sut mae hi wedi llwyddo i wneud iddyn nhw i gyd gysgu?' gofynnais i Ilangle.

'Mae gan yr hen wraig allu dewinol cry,' oedd yr ateb. 'Dydi ei swynion hi byth yn methu!'

'Beth oedd yn y swynion?' gofynnai, 'Oedd 'na gyffuria ynddyn nhw i effeithio ar y corff?'

'Nac oedd,' oedd yr ateb. 'Dim ond rhywbeth i'w cysylltu nhw â meddwl y *gechipai* oedd y swynion. Hi ei hun oedd yn peri iddyn nhw gysgu.'

Gadawsom y ddwy eneth y tu allan i'r pentref; doeddem ni ddim am i neb ein cysylltu ni â'u dihangfa. Sicrhai Ilangle fi y gallent ddianc i Laisong ar hyd llwybrau nad oedd hyd yn oed y Cwcis yn gwybod amdanynt. Lithrodd Williams a minnau'n ôl i'r barics heb i neb ein gweld.

Yn gynnar yn y bore, yn ôl ei arfer, daeth Ram â chwpaned o de i mi a dweud: 'Mae hi'n halibalŵ yng ngwersyll y Sikhiaid y bore 'ma: y milwyr, oedd i gymryd drosodd warchod y ddwy eneth Naga, wedi mynd at eu gwaith a chael fod y rhai oedd i fod i'w gwarchod nhw drwy'r nos yn cysgu'n drwm. Mae'r *Boro Sahib* yn enbyd o'i go'! Roedd hyd yn oed y gamfa-gefn i'r pentre 'ma heb warchodaeth o fath yn y byd! Fe fedrai byddin gyfan o'n gelynion ni fod wedi cerdded i mewn i Hangrum yn ddirwystr. Ac, i goroni'r cyfan, mae'r ddwy eneth Naga wedi dianc!'

Wedi imi yfed y baned, dyma fynd draw at *basha* Wilkins. Roedd y Major yn gandryll!

'Ydach chi'n gwybod rhywbeth am yr hen wraig Naga fu'n gwerthu swynion i'r dynion yn y gwersyll 'ma ddoe, Lefftenant?' gofynnodd.

'Wel ydw, mi gefais i dlws ganddi hi fy hun ac fe'i cedwais o fel swfenîr,' atebais innau.

Tynnais y tlws o'm poced a'i ddangos iddo. Archwiliodd y Major ef yn ofalus, gan ei droi drosodd a throsodd rhwng ei fysedd ac yna syllu arno trwy chwyddwydr.

'Does dim posib fod cyffur wedi ei guddio yn hwn, beth bynnag,' meddai. 'Ydi'r lleill 'run fath â hwn?'

'Ydyn, hyd y gwn i,' meddwn innau.

Galwodd am weld un o'r tlysau roedd y Sikhiaid wedi eu prynu. Roedd y ddau dlws yn union yr un peth. Doedd dim blewyn o wahaniaeth rhyngddyn nhw, hyd yn oed o dan y chwyddwydr.

Galwyd yr hen wraig i gyfrif gerbron y Major a minnau. Roedd hi'n ddwl fel penbwl, ddim hyd yn oed yn deall pan siaradwn â hi yn yr iaith Zeme; yn union 'run fath ag oedd hi yn Laisong! Barnodd y Major nad oedd hi'n ddim amgen na hen wreigan dwp. Gorchmynnodd ei gollwng yn rhydd.

'Rhaid mai ryw ffordd arall y cafodd y milwyr eu gyrru i gysgu,' meddai. 'Trwy ymyrryd â'u bwyd hwyrach.'

Y drwg oedd nad oedd neb wedi llwyddo i ddeffro'r un o'r milwyr oedd ar warchodaeth ar y ddwy ferch a'u holi. Gwnaed popeth posibl i'w deffro. Roedden nhw'n union fel y saith cysgadur!

Wrth imi fynd yn ôl i'm *basha,* pwy oedd yn dod i'm cyfarfod ond y ferch o'r tŷ wrth droed y clogwyn, Isamle. Cyfarchodd fi gyda gwên fel arfer: 'Cofiwch wisgo'r swyn 'na roddodd yr hen wraig i chi, *Sahib,*' meddai. 'Mi all Gaidilŵ gysylltu â chi drwyddo fo.'

Cyn nos yr oedd y Sikhiaid oedd mewn trwmgwsg i gyd wedi marw. Roedd o'r peth rhyfeddaf; dim ond pallu anadlu wnaethon nhw, dyna'r cwbwl! Dim poen, dim cŵyn, dim ond peidio ag anadlu yn union fel petai rhywun wedi diffodd cannwyll eu bywyd. Parodd y peth fraw yng ngwersyll y Sikhiaid. Bron nad oeddent yn barod i ffoi am eu hoedl o diriogeth y Nagas.

'Gaidilŵ sydd y tu ôl i hyn i gyd,' meddent. Sonient am

y gawod law ryfedd yn Laisong. 'Duwies ydi hi ac nid dynes!' taerent.

Roedd y Major, ar y llaw arall, yn dal at ei dybiaeth mai wedi cael cyffur o ryw fath yr oedd y dynion. Gorchmynnodd i feddyg y garsiwn wneud archwiliad trwyadl o'r cyrff, ond gorfu iddo yntau gyfaddef nad oedd argoel o wenwyn na chyffur o unrhyw fath ar eu cyfyl.

'Mae eu tranc nhw'n union fel marwolaeth naturiol,' meddai.

Anodd gan Williams hefyd oedd credu fod a wnelo'r tlysau â'r hyn a ddigwyddodd. 'Mae rhai o'r Gwrcas hefyd wedi prynu tlysau sy' run fath yn hollol â'r tlysau brynodd y Sikhiaid,' meddai, 'Does dim wedi digwydd iddyn nhw.'

'Does gynnon ni ddim ond esboniad Ilangle ar y peth, fod Gaidilŵ'n defnyddio'r tlysau i effeithio ar feddyliau pobol,' oedd f'ateb innau. 'Ac rydw i, beth bynnag, yn ei chredu hi.'

6

Doedd y Major ddim yn teimlo'n dda—effaith trawiad o *malaria* yn ôl ei dyb o—ac o ganlyniad allai o ei hun ddim mynd ar drywydd y ddwy eneth oedd wedi dianc. Gofynnodd i mi gymryd platŵn o Sikhiaid—doedd o ddim yn trystio'r Gwrcas—i'w hymlid yn ei le.

'Does dim llawer o obaith i chi gael gafael arnyn nhw bellach,' meddai 'ond mae'n rhaid i ni wneud ymdrech i'w dal, rhag i'r Nagas feddwl y medran nhw'n trin ni fel y mynnan nhw.'

Doeddwn i ddim yn awyddus i fynd ar y siwrnai hon, yn enwedig efo platŵn o Sikhiaid. Fe wyddwn yn dda y byddai rhai o'r Sikhiaid yn falch o gael cyfle i'm cael ar fy mhen fy hun ymhell o bobman, heb neb o'r tu allan yn bresennol i fod yn dystion i ddim a ddigwyddai. Ond roedd

Wilkins yn bendant mai Sikhiaid ac nid y Gwrcas oedd i fynd gyda mi.

'Mi a' i â Sarjant Williams efo fi,' meddwn.

'Mae arna i ofn fod gen i waith arall iddo fo,' oedd ateb swta'r Major. 'Rhaid i chi wneud hebddo'r tro hwn.'

'Felly, doedd dim amdani ond imi fynd heb Williams. Ond, o leiaf, fe fyddai Ram gyda mi. Fedrai Wilkins ddim yn hawdd fy rhwystro rhag mynd â'm *batman* i ofalu am fy nghysur personol.

Chwarae teg i'r Major, roedd o'n awyddus i fynd ar drywydd y ddwy eneth ei hun. Melltithiai'r anhwylder oedd yn ei gaethiwo i Hangrum. Ond doedd dim modd iddo fynd a doedd neb profiadol y medrai ei anfon yn ei le ond fi. Ac roedd o'n credu, wrth anfon y Sikhiaid ac nid y Gwrcas gyda mi, y medrai fod yn sicr y gwnawn ymgais deg i gael gafael ar y ddwy ffoadur. Gwyddwn nad oedd dim pwrpas dweud wrtho fod y Sikhiaid, ac yn enwedig Amar Singh, eu swyddog, yn fy nghasáu i â chas cyflawn. Roedd y Sikhiaid i gyd fel angylion yn ei olwg!

Cychwynasom o Hangrum yn y bore bach. Roedd y llwybr yn un drysi o we pry cop, a gwlith y bore'n sgleinio arno, fel y disgynnem i'r glyn o'r pentref nes oedd y lle'n pefrio o ddisgleirdeb. Does dim i'w gymharu â bore yn y tywydd oer ar y Bryniau, pan fydd caddug y nos yn dal i orchuddio'r dyffrynnoedd a chithau'n edrych i lawr ar y cymylau a llif o heulwen o'ch cwmpas. Roedd y gnocell fawr, un o'r adar mwyaf lliwgar, yn brysur yn curo drysau yn y stryd o goed ar y dde i mi. Daeth Williams i'm hebrwng ran o'r ffordd o'r pentref.

'Rydach chi'n edrych fel petaech chi'n mynd am fis o leia,' oedd ei sylw wrth ffarwelio â ni, wrth weld y twr o fulod oedd i gario'n taclau. Doedd o fawr o feddwl y byddwn i'n ôl yn Hangrum ymhen ychydig ddyddiau heb y ddwy ferch, ond gyda stori arall i'w hadrodd am fileindra'r rhyfel yma ar gwr dwyreiniol India!

Roeddwn i wedi rhybuddio Ram i fod ar ei wyliadwr-
iaeth gan ein bod ni'n wynebu sefyllfa beryglus, nid yn
gymaint am ein bod yn gadael ein caer a mentro i
diriogaeth y gelyn, ond yn fwy o lawer am y gallem fod yn
wynebu cynllwynion ein cyd-filwyr.

'Wnân nhw ddim ceisio gwneud dim yng ngolau dydd,
Sahib,' meddai Ram, 'Jacals llwfr ydyn nhw; wedi nos y
maen nhw'n difa.'

Honnai Amar Singh, *Hafildar* y Sikhiaid, fod ganddo
wybodaeth mai i gyfeiriad Nenglo roedd y ddwy ferch
wedi mynd. Mynnai y byddai'r ddwy'n sicr o geisio
nodded yn un o'r pentrefi Naga ar ochr Cachar i'r wlad.

'Wnân nhw ddim mentro i'r diriogaeth wyllt sydd
rhyngon ni a Manipwr,' meddai. 'Yn Laisong mae eu
teuluoedd nhw'n byw, ac yn Kepeloa, yng nghymdogaeth
Laisong neu Tingje y cawn ni afael arnyn nhw yn siŵr i
chi, hynny ydi, os nad ydyn wedi mynd cyn belled ag
Asalu neu Impoi.'

Cyraeddasom Laisong yn hwyr yn y prynhawn.
Trawsom ar ddau ŵr Cwci yn ymyl Laisong oedd wedi
gweld dwy eneth Naga yn teithio i gyfeiriad Kepeloa,
medden nhw. Mynnodd Amar Singh ein bod yn brysio
ymlaen er nad oedd gennym obaith cyrraedd Kepeloa cyn
iddi nosi.

'Mi wersyllwn ni yn y jyngl heno,' meddai, 'a chodi'n
fore a chyrraedd pentre Kepeloa gyda'r wawr bore fory,
cyn i neb o'r bobl adael y pentre. Wedyn mi fedrwn ddod
ar wartha'r ddwy eneth a hwythau heb fod yn ein disgwyl,
siawns.'

Fel roedd Ram wedi dweud, yr adeg beryglus i ni'n dau
oedd wedi nos, yn enwedig os byddem yn treulio'r nos yn
y jyngl. Ond roedd modd troi hynny'n fantais hefyd!
Gadewais i'r Sikhiaid godi bwth dros dro imi o ddail a
brigau yn ddwfn yn y jyngl. Ar ôl imi fwyta swper trodd
Ram y lamp stabl i lawr yn y bwth ac aeth y Gwrca a
minnau allan o'r bwth yn slei bach ac eistedd ar garreg

fwsoglyd mewn cilfach gerllaw i bendwmpian. Roedd hi'n dywyll fel y fagddu, a thrwch y drysi bambŵ yn ei gwneud yn dywyllach fyth. Ond medrem weld rhith o olau'r lamp stabl yn y gwyll.

Rywdro yn nhrymder nos clywsom siffrwd rhywun yn symud yn llechwraidd rywle yng nghyfeiriad y bwth-dros-dro. Y foment nesaf ffrwydrodd ergydion gwn otomatig drwy'r distawrwydd a gwelem fflach y bwledi'n arllwys i'r bwth. Chwalwyd y lamp nes oedd oel fflamllyd yn tasgu hyd y lle. Ac yn ei golau gwelsom Sikh barfog yn sefyll â'i wn yn ei law.

Sylweddolais yn sydyn nad oedd Ram wrth fy ochr mwyach. Mewn eiliad roedd o'n ôl ac yn anadlu'n drwm: 'Amar Singh oedd y dyn oedd yn saethu, *Sahib,*' meddai. 'Lwc nad oedden ni i mewn yn y cwt 'na! Mi fyddem yn farw gelain ac mor llawn o dyllau â rhidyll. Ond phoenith y Sikh yna 'run ohonon ni mwy, diolch i'r 'chwaer fach' 'ma!' Dyna lle'r oedd o'n sychu'r gwaed oddi ar ei lafn miniog â deilen, cyn ei rhoi'n ôl yn y wain.

'Mae gen i deimlad y bydd 'na rêl *goulmal* fan hyn unrhyw adeg rŵan, pan ddaw gweddill y Sikhiaid i weld beth oedd achos y saethu, a chael hyd i gorff ei *Hafildar* ac ôl y *cwcri* arno. Gorau po bellaf fyddwn i oddi yma pan ddôn nhw,' meddwn innau. Ac i ffwrdd â ni trwy'r bambŵ yn y tywyllwch heb weld dim o'n blaenau, dim ond teimlo'n ffordd trwy'r drysi.

Buom yn ymlwybro felly nes iddi ddyddio. Roedd y jyngl bambŵ bellach wedi darfod a ninnau'n teithio trwy dir corsiog a chorsennau hir trwchus uwch na'n pennau ar bob llaw inni a gelod gloywddu'n byseddu tuag atom.

Daethom ar draws llwybr o ryw fath. Taerai Ram mai llwybr eliffant oedd o. P'run bynnag am hynny, roedd o'n haws teithio ar hyd-ddo na gwthio'ch ffordd rhwng y corsennau neu'r drysi bambŵ. Doedd dim argoel o fywyd o'n cwmpas nac unrhyw arwydd bod y Sikhiaid yn dilyn ein trywydd. Safasom ar lan ffrwd fechan i gael hoe.

Tynnodd Ram ei bwrs-cnau-betel allan a rhoi talp o gneuen a deilen *pân* a chalch arni yn ei geg i'w cnoi. Cynigiodd yr un peth i minnau. Gwrthodais y ddeilen a'r calch; doedd arna i ddim eisiau tafod gignoeth! Ond cymerais ddarn o gneuen a'i roi yn fy ngheg a'i gnoi. Roedd o'n sychu fy safn yn rhyfedd ac yn cael effaith lleddf ar y llwnc.

'Mae betel yn dda i'ch cadw chi i fynd,' meddai Ram.

Yn sydyn daeth chwiff o bersawr cryf i'm ffroenau. 'Wyt ti'n clywed yr arogl yma?' gofynnais i Ram. 'Y tro diwethaf clywais i hwnna oedd pan oeddwn i'n eistedd wrth ochor llanc ifanc Naga. Sawr un o'r blodau mae'r llanciau'n hoff o'u gosod yn eu clustiau ydi hwnna.'

Gelwais '*Chau lau?*' (*Pwy sy 'na?*) yn iaith y Zeme a chyda'r gair dyma ddau lanc Naga, bob un a'i waywffon yn ei law, yn camu allan o'r jyngl gan eich cyfarch.

'*Kellum,*' meddent. 'Roedden ni'n chwilio amdanoch chi. Ilangle sydd wedi'n hanfon ni i'ch arwain chi i ddiogelwch.'

Dilynodd Ram a minnau hwy trwy'r gors laith am tuag awr nes dod at droed clogwyn. Hanner y ffordd i fyny'r clogwyn, ar ben llwybr serth, roedd mynedfa i ogof, ac Ilangle ac Isuongle'n disgwyl amdanom yng ngenau'r ogof.

'Rydan ni wedi bod yn eich gwylio chi a'r milwyr eraill er pan aethoch chi heibio i Laisong,' meddai Ilangle. 'Doedd y Sikhiaid fawr o feddwl ein bod ni'n dwy, y ddwy roeddan nhw'n chwilio amdanyn nhw, mor agos! Doeddan nhw fawr o feddwl chwaith bod llygaid cudd yn eu gwylio nhw bob cam o'r ffordd o Laisong! Doeddan ni ddim yn bell i ffwrdd neithiwr chwaith pan oeddach chi'n bwyta'ch swper yn y cwt. Ond welson ni monoch chi'n gadael y cwt. Fe beidiodd fy nghalon i â churo pan saethodd yr ellyll o Sikh yna i mewn i'r cwt—roeddwn i'n meddwl yn siŵr eich bod chi wedi'ch lladd. Petai'r Gwrca 'ma heb wneud yn siŵr na wnâi'r dihiryn Sikh 'na ddim rhagor o niwed, mi fydden ni wedi ei yrru fo i bentre'r meirw!'

Doedd dim ond dyrnaid o lanciau a merched Naga yn yr ogof. Gwelodd Ilangle fi'n edrych o'm cwmpas a dywedodd:

'Mae'r rhan fwya ohonom heb gyrraedd yn ôl ar ôl bod yn delio â'r Sikhiaid; ddaw'r un ohonyn nhw'n ôl i Hangrum os caiff ein criw ni ei ffordd. Chawson ni ddim cystal cyfle i daro'r fyddin ers misoedd!'

Roedd yr ogof yn agor allan yn neuadd lydan, a thân braf yn llosgi ar ganol y llawr, a'r mwg yn mynd allan trwy gilfach ymhell i fyny yn y graig. Ar y tân roedd crochan yn ffrwtian ac Isuongle'n ei dendio. Sylwais am y tro cyntaf fod Isuongle â gwawr dywyllach i'w chroen na'r rhelyw o'r merched Naga, ond roedd hi cyn berted ag Ilangle bob tamaid a gwên barhaus yn pefrio yn ei llygaid hi.

'Mae'n siŵr bod arnoch chi eisiau bwyd ar ôl cerdded trwy'r nos,' meddai Isuongle, 'Cawl carw sydd yn y crochan; rydan ni'n bwyta'n fras y dyddiau yma! Dowch, steddwch ichi gael ei brofi.'

Roedd y cawl yn drwchus ac yn flasus. Roeddwn i wedi sylwi o'r blaen fod cig carw bach yn felys ac arlliw o flas mint arno ac er nad oedd gennym ond dail llydain y *plantain* gwyllt fel platiau, roedd y cawl, gyda reis oer i'w dewychu, yr union beth oedd ei angen arnom.

Diogi y buom weddill y dydd a minnau'n holi Ilangle am ei bywyd yn Laisong. Roedd hi'n un o deulu mawr, ac fel y gwyddwn, roedd rhai ohonynt yn byw yn Nenglo a brawd iddi'n byw yn Kepeloa.

'Roedd Wilkins *Sahib* yn meddwl mai i Kepeloa neu Mpuloa y byddech chi'ch dwy yn ffoi o Hangrum,' dywedais wrthi.

'Mi fyddem yn debycach o fynd i Hepuloa,' atebodd hithau. 'Mae Hepuloa yn nes at Manipur, ac mae'r llwybr oddi yno i Manipur yn rhy serth i'r milwyr a'u holl baciau deithio ar hyd-ddo. Fel y digwyddodd fu dim rhaid inni fynd ymhell. Roedd Gaidilŵ wedi trefnu i'r fintai yma o bobol ifainc fod ar y llwybr uwchlaw'r gamfa ucha yn ein disgwyl. Petaech chi ddim ond yn gwybod, roeddan nhw'n eich gwylio chi a Williams *Sahib* yn ein hebrwng at y gamfa, pan oeddan ni'n dianc o Hangrum. Mae Gaidilŵ'n gofalu am ei phobol, Dafydd! Ac fe ofalodd amdanoch chithau, er bod y Sikhiaid yn benderfynol o'ch lladd chi. Iddi hi mae'r diolch eich bod chi wedi cael y syniad o guddio yn y jyngl, a thrwy hynny osgoi cael eich taro gan y bwledi neithiwr.'

Doeddwn i ddim am siglo ei ffydd syml hi yn Gaidilŵ, ond mi wyddwn o'r gorau mai syniad Ram a finnau, y ddau ohonom ni wedi meddwl am y peth yr un pryd yn rhyfedd iawn, oedd y cynllun i aros tu allan i'r bwth bambŵ y noson cynt, am ein bod ni'n ofni brad. Doedd â wnelo Gaidilŵ ddim byd â'r peth! Sylwodd Ilangle fy mod yn dawedog ar y pwynt.

'Dydach chi ddim yn credu fod â wnelo Gaidilŵ ddim â'ch dihangfa gyfyng chi neithiwr?' gofynnodd. 'Ydi'r tlws roddodd yr hen wraig i chi yn dal gynnoch chi?'

'Ydi,' meddwn innau, a'i dynnu o'm poced. Gafaelodd y ferch ynddo a gofyn imi fynd i ben draw'r ogof.

'Ewch cyn belled ag y medrwch chi heb fynd o olau'r tân,' meddai.

Mi wnes hynny. A digwyddodd peth anghredadwy! Daeth chwech neu saith o nadroedd mawr o'r tywyllwch a chordeddu amdanaf. Roedd arnaf gymaint o ofn, fel fy mod wedi fy mharlysu'n llwyr; fedrwn i ddim symud gewyn! Ac yna roeddwn i'n rhydd, a'r nadroedd yn llithro'n ôl i'r tywyllwch. Galwodd Ilangle fi at y tân drachefn.

'Gawsoch chi fraw?' gofynnodd. 'Mae'n ddrwg gen i, Dafydd, ond roedd rhaid dangos i chi beth ydi gallu Gaidilŵ.'

'Oedd y nadroedd yna mewn gwirionedd, Ilangle?' gofynnais.

'Doedd dim un neidr ar eich cyfyl chi,' sicrhaodd y ferch fi. 'Yn eich meddwl chi roedd y cwbwl. Ydach chi'n deall nawr?'

Rhoddodd y tlws yn ôl imi. 'Cadwch o'n ofalus, Dafydd,' meddai. 'Mi fedr Gaidilŵ gysylltu â chi trwy hwn.' Cofiais mai dyna'r union eiriau a ddefnyddiodd y ferch ar waelod y clogwyn wrth imi adael Hangrum.

Cyn pen fawr o amser clywsom sŵn siantio rhyfedd yn dod o'r goedwig gerllaw. Swniai fel 'Hai ho hai, hai ho hai.'

'Y llanciau'n dod yn ôl o'u cyrch ar y Sikhiaid,' esboniodd Ilangle. 'Siant fuddugoliaeth ydi honna.'

Tyrrodd y criw bach i enau'r ogof i weld y rhyfelwyr yn nesáu gan chwifio'u cyllyll hir, y *dao* enbydus, a dangos y pennau gwaedlyd roedden nhw wedi eu hennill ar faes y gad, pennau hirwallt barfog,—pennau Sikhiaid yn ddiddadl!

'Ddihangodd yr un ohonyn nhw'n fyw, Ilangle,' ymffrostiodd Getumseibe, arweinydd y fintai. 'A chafodd yr un ohonon ni ei glwyfo'n dost. Mi drawodd ein bechgyn ni nhw mor sydyn, chawson nhw ddim cyfle i danio'u gynnau na thynnu'u cleddyfau!'

Hoffais i mo Getumseibe o'r foment y gwelais ef gyntaf. Hwyrach 'mod i'n synhwyro y cawn drafferth gydag o.

Pentyrrwyd ysbail ar lawr yr ogof, breichledau arian symbolaidd y Sikh a'u cribau gwallt a bwndel o gleddyfau—y *kirpan*, cleddyf seremonïol y Sikh—a gynnau. Claddwyd y pennau rhwth yn llawr tywodlyd pen draw'r ogof. 'Fydd y morgrug ddim yn hir yn cael hyd i'r rhain,' meddai Getumseibe, arweinydd y fintai, wrth eu claddu. 'Mi fyddan yn lân a dim ond yr asgwrn ar ôl erbyn y down ni i'w cyrchu i'w claddu o flaen yr *hangseuki* yn Laisong.'

Noson o loddesta fu hi'r noson honno, a'r cwrw reis yn llifo'n rhydd. Dawnsiai'r llanciau ddawns fuddugoliaeth draddodiadol y Nagas a Getumseibe'n eu harwain. Roedd y ddawns yn ei hesbonio'i hun; rhai o'r llanciau'n actio'r Sikhiaid gorchfygedig ac yn ddramatig iawn yn eu dangos yn graddol ildio i'r Nagas ac yn y diwedd yn gorwedd yn gyrff llipa ar lawr. Wedyn dechreuodd y ddawns gyffredinol a'r merched yn ymuno. Sylwais mai Ilangle oedd yn dawnsio gyferbyn â Getumseibe trwy'r amser gan ymateb yn synhwyrus i'w symudiadau yn y ddawns. Gwawriodd arnaf fod y ddau hyn yn hen bartneriaid, fel petai perthynas agos wedi bodoli rhyngddynt ers tro. Gwanai ton o eiddigedd drwof bob tro y cyffyrddent yn ei gilydd.

Erbyn tua hanner nos roedd y llanciau'n dechrau mynd yn gwerylgar yn eu diod. Roedd curiad y drymiau hefyd wedi cyflymu a chryfhau. Yn wir roedd y sŵn mor gryf fel fy mod i'n hanner ofni y gallai sgowtiaid o'r fyddin, os oedd rhai yn y cylch, ein clywed. Gwyddwn fod sŵn y drymiau'n cario am filltiroedd. Ond sicrhai'r Nagas fi fod tri neu bedwar o lanciau cwbl sobor tu allan i'r ogof yn y jyngl yn cadw gwyliadwriaeth. Gwelwn hefyd fod Ilangle'n cadw llygad gwyliadwrus ar bethau.

'Paid â mynd allan o olau'r tân, Dafydd, ti na Ram,' gorchmynnodd. 'Does arna i ddim eisiau i ddim anffodus ddigwydd i chi. Os digwyddith rhywbeth, paid â chyffroi nac estyn am dy wn. Mi ofalith Gaidilŵ amdanat ti. Cofia beth ddigwyddodd efo'r seirff!'

Roeddwn i wedi sylwi fod Getumseibe yn mynd yn fwy a mwy ymffrostgar yn ei feddwdod a'i fod yn rhoi ei fraich am Ilangle fel petai o'n ei hawlio hi. Meddyliais ynof fy hun mor addas oedd yr enw oedd arno—ystyr Getumseibe yw 'tarw'—roedd o'n edrych yn gryf fel tarw, yn un crymffast mawr; doedd ryfedd mai fo oedd arweinydd y rhyfelwyr yn y fintai. Byddai'n rhaid imi fod yn ofalus rhag codi'i wrychyn o. Doedd arna i mo'i ofn o, ond mi fyddai'n resyn imi orfod gwneud niwed iddo fo a sbwylio fy mherthynas â'r Nagas ifainc 'ma. Fe wyddwn y byddai'r criw yn mynd yn swrth yn eu diod yn nes ymlaen. Petawn i'n medru cadw allan o ffrwgwd am ryw awr, mi fyddwn yn iawn.

Yn sydyn cododd Getumseibe ar ei draed a phwyntio at Ram a dweud: 'Mae'r burgyn Nepali 'ma'n drewi. Mi rydw i'n mynd i roi trochfa iddo fo.' Cododd un o'r pibellau bambŵ a ddefnyddid i gario dŵr a thywallt ei gynnwys dros Ram nes oedd hwnnw'n wlyb diferol. Neidiodd Ram ar ei draed gan dynnu ei *cwcri*'n barod i ymladd. Ond gwaeddais ar Ram i roi'r gyllell yn ôl yn ei gwain, a dweud wrth Getumseibe yn ei iaith ei hun am beidio â'i ddangos ei hun yn ffŵl. Dyma'r union beth oedd ar y Naga ei eisiau. Llamodd ar draws y llawr, yn barod i'm trywanu i â'i waywffon. Ond, er mawr syndod i mi, a phawb arall dybiwn, baglodd Getumseibe fel pe dros stôl anweledig a chodi a rhwbio'i lygaid a gweiddi mewn syndod: 'Mae rhywbeth wedi digwydd i'm llygaid i. Fedra i ddim gweld!'

Aeth pawb yn fud. Mi fedrech deimlo'r anesmwythyd yn wyneb rhywbeth tu hwnt i ddirnadaeth! Clywn rai ohonynt yn murmur enw Gaidilŵ. Doedd dim angen pwysleisio'r ffaith amlwg; roedd y ddau estron yn y cwmni dan warchodaeth arbennig Gaidilŵ!

Sobrodd y digwyddiad y criw. Daeth pall ar sŵn y drwm mawr ac yn raddol llithrodd pawb i freichiau cwsg nes bod llawr yr ogof yn un trwch o gysgaduriaid.

Arweiniodd Ilangle fi allan o'r ogof. Safasom ar ei throthwy yn syllu allan ar fôr o jyngl gwyrdd oedd yn ymestyn am filltiroedd a golau'r lleuad yn llachar arno. Trodd Ilangle ataf a rhoi ei dwy fraich am fy ngwddf a dweud: 'Does dim rhaid i ti bryderu am Getumseibe, Dafydd. I ti rydw i'n perthyn, nid iddo fo.'

'Ond mi roeddet ti'n ei ganlyn o ar un adeg, on'd oeddat ti?' gofynnais.

'Oeddwn, ond cyn i ti ddod i'm bywyd i oedd hynny. Dy bartnar di ydw i rŵan.'

Daeth sgrech rhyw aderyn gwyllt i rwygo tawelwch y noson. Teimlwn ias o gryndod yn mynd trwy gorff f'anwylyd yn fy mreichiau.

'Beth sy, Ilangle?' gofynnais. Chefais i ddim ateb ganddi, ond gwelais yng ngolau clir y lloer y deigryn oedd yn treiglo i lawr ei grudd.

Yna'n sydyn newidiodd ei chywair, gwenodd yn siriol a daeth sbarc yn ôl i'w llygaid.

'Mi dy rasia i di i lawr at yr afon,' meddai.

Doedd gen i ddim gobaith cystadlu â hi; roedd ei thraed noeth mor sicr â thraed gafr wyllt ar y llwybr serth i lawr at yr afon, oedd yn murmur yn y cwm islaw inni.

Erbyn imi ei chyrraedd roedd fy nghariad yn sefyll yn noethlymun ar lan pwll yn yr afon a hynny heb argoel o gywilydd. Yn ei llaw roedd brigyn gwyrdd ac roedd hi'n symud y brigyn yn ôl ac ymlaen yn nŵr y pwll gan greu trochion nes bod wyneb y dŵr yn wyn.

'Wyt ti wedi gweld y pren yma o'r blaen?' gofynnodd gan ei ddangos i mi. Cangen o bren llwyd â dail llwyd-wyrdd arni oedd, tebyg i ddail collen yng Nghymru. 'Dyma mae'n pobl ni yn ei ddefnyddio yn lle sebon, yn enwedig pan fyddwn ni'n golchi'n gwalltiau.' Roedd sawr hyfryd ar y trochion, cymysgedd o sawr blodau'r jasmin a rhyw bersawr trymach tebyg i ddail clôf. Plymiodd Ilangle i'r pwll a phlymiais innau'n noeth ar ei hôl a'i dal a'i chusanu â chusan hir a dim ond ein pennau uwchlaw'r trochion. Yno y buom am hydion, yn troi a throsi fel llamhidyddion yn y pwll dwfn nes bod ein cyrff yn llyfn a glân . . . Codi wedyn a gorwedd ym mreichiau'n gilydd ar raean cynnes y lan. Roedd corff f'anwylyd fel melfed a'i bysedd yn trafod fy nghorff innau yn dyner, dyner, ac yn gyrru iasau o drydan hyfryd trwof. Rywdro cyn i'r wawr dorri daeth cwsg i'n llonyddu. A phan ddeffroesom roedd y lloer wedi hen ddiflannu a phelydryn main o haul y bore'n gwanu rhwng y brigau ar lan yr afon. Bellach fe wyddwn fod Ilangle yn eiddo i mi. Roeddem fel dau hanner, a oedd wedi bod yn hir ar wahân, ond a oedd o'r diwedd wedi dod ynghyd.

7

Erbyn y bore roedd Getumseibe wedi dod ato'i hun, er nad oedd yn gweld yn iawn. Daeth at Ilangle i gwyno fod rhywbeth tebyg i niwl yn cymylu'i lygaid. Gwasgodd hithau sudd rhyw blanhigyn i'w ddau lygad, a chliriodd ei olwg.

Rhyfeddwn fel roedd Ilangle wedi newid o fod yr eneth ysgafn ei bryd y daethwn i ar ei thraws yn Nenglo, i fod yn ferch aeddfed, oedd yn cyfrif yn y cwmni. Roedd hi'r un mor annwyl, a'i hanwes yr un mor gynnes, ond rywfodd roedd hi wedi datblygu'n bersonoliaeth bendant. A dweud y gwir, roedd arnaf i ychydig o'i hofn hi ar ôl cael y profiad brawychus gyda'r nadroedd, a gweld wedyn sut roedd hi wedi delio â Getumseibe. Roeddwn i'n gwbl argyhoeddedig, wrth gwrs, mai hi oedd wedi taflu'r llen o ddallineb dros y llanc. Tybed nad hi oedd Gaidilŵ wedi'r cwbl?

Gofynnais iddi'n blwmp ac yn blaen, fel roeddem ni'n yfed ein *hezau* yn y bore bach.

'Dwed y gwir wrtha i Ilangle, ai ti ydi Gaidilŵ?'

'Beth ydi dy farn di amdana i, Dafydd?' gofynnodd hithau'n ôl. 'Wyt ti'n meddwl mai fi sydd wedi arwain y Nagas am dros ddwy flynedd ac wedi'u cadw nhw rhag cael ei darostwng gan y fyddin? Roeddwn i'n meddwl dy fod ti'n eithaf siŵr mai Isamle oedd Gaidilŵ? Neu'r *gechipai* dynnodd y glaw i lawr yn genlli yn Laisong? Fedrwn ni ein tair ddim bod yn Gaidilŵ, does bosibl?'

Gorfu i mi fodloni heb wybod dim mymryn mwy. Methwn yn lân â dirnad sut roedd hi'n bosibl i dair merch Naga feddu galluoedd tu hwnt i amgyffred fel hyn. Soniais am y peth wrth Ram. Doedd dim anhawster yn hyn iddo fo. 'Duwies ydi Gaidilŵ,' meddai 'ac mae hi'n medru taflu ei chysgod dros wahanol bersonau.'

Gwelodd Ilangle fod y peth yn fy mhoeni. Cofleidiodd fi'n annwyl a dweud: 'Bydd yn fodlon ar fy nghariad i, Dafydd, a phaid â phoeni am bethau sydd tu hwnt i ti.'

Dyna wnes i. Hwyrach y dôi esboniad yn hwyr neu hwyrach!

Roedd hi'n braf iawn yn yr ogof; diogi a charu a bwyta. Ond fedrai hynny ddim para'n hir; roeddwn i'n ymwybodol fod gen i gyfrifoldeb i'r fyddin. Fe fyddai raid i mi ddychwelyd i Hangrum cyn bo hir i ddweud wrth Wilkins fod trychineb wedi dod i ran ei Sikhiaid.

'Mi fydd raid imi fynd yn ôl,' meddwn wrth Ilangle, 'neu mi fydd y Major yn meddwl fod rhyw anap wedi digwydd i mi ac yn anfon dynion i chwilio amdanaf, neu os nad amdana i, am y Sikhiaid beth bynnag. Ac mi fydd Williams ar bigau'r drain yn methu â dirnad beth sydd wedi digwydd i Ram a minnau.'

'Gad i'r Major yrru rhagor o'i Sikhiaid allan i'r jyngl,' oedd ateb Ilangle. 'Mi ddeliwn i â nhw yn gymwys 'run fath â'r lleill!'

'A beth am Williams?' gofynnais.

'Ie, wel, mae gen ti reswm digonol dros fynd yn ôl i esmwytho'i feddwl o,' atebodd.

Pan welodd hi fy mod yn benderfynol o ddychwelyd i Hangrum, dywedodd: 'Mi ddown ni i'th ddanfon di beth o'r ffordd, Dafydd, rhag ofn i eliffant sathru arnat ti neu deigar dy gludo di i ffwrdd yn ei geg!'

Felly y bu. Ond mi wnes un camgymeriad mawr, sef bodloni i'r Nagas f'arwain ar hyd llwybrau cwta, oedd yn arbed oriau o deithio meddent hwy! Roedd y llwybrau hyn yr hyn a eilw pobl Bryniau Assam yn 'llwybrau mwncwn', llwybrau y mae angen traed a dwylo i deithio hyd-ddynt. Rydw i'n sicr ddarfod i mi heneiddio blynyddoedd ar y llwybrau hunllefus yr arweiniwyd fi ar hyd-ddynt yn ôl i Hangrum! Ond fe dorron nhw gryn dipyn ar y daith.

Gadawodd Ilangle, a'r pedwar llanc Naga oedd wedi dod i'n hebrwng, Ram a minnau, ryw filltir o Hangrum. Roedden nhw am alw yn Nenglo i gael gwybodaeth am symudiadau'r fyddin, cyn penderfynu ble i fynd wedyn. Fe fyddai raid i'r ddwy ferch gadw o'r golwg am beth amser, rhag i Wilkins ddod o hyd iddyn nhw.

Cyn gadael, cofleidiodd Ilangle fi a dweud: 'Mi gawn ni gwrddyd eto cyn hir, Dafydd, hynny ydi, os oes arnat ti eisiau fy nghwrddyd! Wyt ti wedi maddau i mi am dy ddychryn di yn yr ogof?'

Gwasgais hi ataf a dweud: 'Ar ôl gweld beth ddigwyddodd i Getumseibe, dwn i ddim os yw hi'n sâff i mi gysylltu â thi!'

'Paid â phoeni,' oedd yr ateb, 'faswn i ddim yn cymryd y byd am gau'r llygaid glas 'na sydd gen ti! Ond, o ddifri nawr, gallu Gaidilŵ amharodd ar lygaid Getumseibe, a gallu Gaidilŵ barodd i ti weld y nadroedd. Offeryn yn unig oeddwn i.' A gadawodd fi gyda chusan.

Roedd Williams wrth ei fodd pan welodd fi'n dod rhwng y barics tuag ato.

'Doedd gen i ddim llai nag ofn dy fod ti wedi mynd i orffwysfa'r saint y tro hwn, Dafydd,' meddai. 'Sut yn y byd y medraist ti osgoi dial y giwed Sikh?'

'Mi esbonia i'n llawn wrthat ti'n nes ymlaen,' meddwn. 'Am y tro, mae'n ddigon iti wybod na raid iti boeni am Amar Singh a'i gyfeillion mwyach; maen nhw i gyd wedi mynd i'w haped.'

'I gyd?' gofynnodd Williams mewn syndod.

'Ie, i gyd,' atebais innau. 'Mae eu cyrff nhw'n gorwedd yn y drysi rywle'r ochr draw i Laisong, a'u pennau nhw mewn ogof ar lan afon Jenam.'

'Welaist ti'r genethod?' holodd.

'Do, efo nhw rydw i wedi bod tan ryw ychydig yn ôl. Mi ddaeth Ilangle i'm danfon. Maen nhw'n cofio atat ti.'

Prysurais ymlaen i farics Wilkins. Roedd y Major, yn ôl ei arfer, mewn hwyliau drwg. Wyddwn i ddim ar y pryd, ond roedd o wedi bod yn chwilio'r lle am yr hen wraig a fuasai'n gwerthu'r tlysau i'w filwyr, er mwyn ei holi ymhellach. Ond doedd dim siw na miw ohoni yn unman. A doedd y newydd roeddwn i'n ei ddwyn iddo ddim yn mynd i'w wneud damaid yn felysach ei fyd!

Methai â'm coelio pan ddywedais i wrtho fod y Sikhiaid i gyd wedi eu lladd. A Ram a minnau'n sefyll o'i flaen yn gwbl ddianaf!

'Pa fath swyddog sydd yn colli ei holl ddynion ac yn dychwelyd ei hun heb nam arno?' gofynnodd yn sarrug.

Eglurais wrtho fod Ram a minnau wedi gwersylla ychydig ar wahân i'r Sikhiaid yn y nos.

'Erbyn i ni sylweddoli fod y Nagas wedi cynnal cyrch arnyn nhw, roedd popeth drosodd.' meddwn. 'Fe aeth Ram a finnau draw a chael dim ond eu cyrff nhw. Roedd y Nagas wedi torri eu pennau nhw a'u cludo i ffwrdd.' Gwyddwn fod yn rhaid imi roi tipyn o dro yn y stori—llunio'r wadn i ffitio'r troed, megis—fyddai Wilkins byth wedi coelio'r gwir plaen fod Amar Singh wedi ceisio'n lladd!

Aeth Ram ar ei lw fy mod yn dweud yn hollol beth ddigwyddodd. 'Roedd y *Sahib* am ddilyn trywydd y Nagas i ddial cam y Sikhiaid,' meddai. 'Fi rhwystrodd o. Beth fedrai dau ohonon ni ei wneud yn erbyn cannoedd o Nagas?'

Wrth gwrs doedd dim cannoedd ohonyn nhw—hanner cant ar y mwyaf! ond fe lyncodd Wilkins yr holl stori yn ei chrynswth, er mawr syndod i mi. Er hynny roeddwn i'n teimlo rywsut ei fod o'n barnu y dylwn i fod wedi aberthu fy mywyd i wneud iawn am golli'r Sikhiaid! 'Choelia i fawr, frawd,' meddwn i dan fy ngwynt! 'Petait ti ddim ond yn gwybod beth ddigwyddodd mewn gwirionedd!'

Cafodd Williams adroddiad llawn o'n helyntion ar ôl inni ddychwelyd i'r barics. A phan adroddais hanes

72

rhyfedd y nadroedd yn y ogof, a dweud beth a ddigwyddodd i Getumseibe, roedd o'n bictiwr o ryfeddod.

'Diolch bod y Gaidilŵ 'na, pwy bynnag ydi hi, ar ein hochor ni,' meddai, 'ond os ydi Ilangle ac Isamle a'r hen wraig oedd yn gwerthu'r tlysau, yn meddu ar alluoedd anhygoel, mae gynnon ni glamp o broblem. P'run ohonyn nhw ydi Gaidilŵ?'

Fedrwn i wneud dim ond ysgwyd fy mhen a dweud: 'Rhaid i mi gyfaddef 'mod i yn y twllwch yn hollol ar y cwestiwn yna. Does dim posib mai'r un person ydi'r tair; o leiaf mi wyddom nad yr un ydi Ilangle â'r *gechipai*; yr olaf a'n harweiniodd ni i'r tŷ yn Laisong lle'r oedd Ilangle mewn peryg a roedden nhw ill dwy yn y tŷ 'run pryd. Ond pwy ydi Gaidilŵ? A beth yn hollol ydi'i pherthynas hi ag Ilangle ac Isamle a'r hen wraig?'

'Mae un peth wedi bod yn mynd trwy fy meddwl i,' meddwn. 'Fel y gwyddost ti mae'r Hindwaid yn credu bod eu duw'n ymddangos mewn gwahanol ffurfiau i ddynion. *Avatars* maen nhw'n galw'r personau mae nhw'n ymddangos trwyddyn nhw. Tybed oes gan Gaidilŵ ferched sy'n *avatars* iddi hitha?' Ysgydwais fy mhen, 'Dwn i ddim. Dydi'r peth ddim yn gwneud sens chwaith. Fedra i ddim meddwl am Ilangle fel rhyw ymgnawdoliad o rywun arall; mae hi mor real i mi fel merch o gig a gwaed a phersonoliaeth o'r eiddo'i hun.'

'Troi a throi mewn trobwll rydan ni, 'was i, pan geisiwn ni gael sens o'r busnes Gaidilŵ 'ma ac wrth droi a throsi'n mynd yn ddyfnach i'r pwll bob tro,' meddai Williams. 'Mae cwestiwn arall yn codi i'm meddwl i; os ydi Ilangle'n meddu'r gallu i wneud i bobl fedru gweld nadroedd ac yn medru taro dyn yn ddall, pam roedd yn rhaid i ti a finna ddefnyddio bôn braich i'w hachub hi ac Isuongle yn y tŷ yn Laisong? Fedrai hi ddim taro'r Sikhiaid oedd yn ymosod arnyn nhw â dallineb bryd hynny?'

Doedd gan yr un ohonom ein dau ateb i'w gynnig i'r cwestiwn.

Roedd Wilkins ar fin tramgwyddo eto yn Hangrum. Mae gan bob pentref Zeme Naga ei gyflenwad dŵr ei hun. Rhed y dŵr o bistyll, sydd weithiau filltir neu fwy uwchlaw'r pentref, ar hyd pibellau bambŵ. Bydd y pibellau hyn, sydd wedi eu codi uwch y llawr ar ffyrch tal o bren yn ddigon uchel fel nad oes perygl i neb daro'i ben ynddynt, yn cyrraedd hyd at gafn mawr ar lawnt y pentref ac yn arllwys dŵr yn ddi-baid i mewn i'r cafn. Fel rheol cafn wedi ei lunio trwy dyllu bonyn coeden go fawr â thân ydyw. Yn hwn bydd merched y pentref yn golchi dillad, a hyd yn oed yn trochi eu plant ar yr adegau anaml pan fydd y plant yn cael eu golchi, ac yn casglu o'i gwmpas i glebran. Deuai cyflenwad dŵr Hangrum o bistyll uwchlaw rhan uchaf y pentref lle'r oedd barics y milwyr, ac roedd y fyddin wedi troi rhan o'r dŵr i gyflenwi anghenion ei dynion hi. Rhedai'r gweddill o'r dŵr i lawr i gafn y pentref. Ond roedd y bibell fambŵ wedi digwydd torri uwchben y clogwyn rhwng dwy ran y pentref. Golygai hyn fod y pentrefwyr yn rhan isa'r pentref heb ddŵr, a'r cafn yn sych. Heblaw hyn, roedd y dŵr oedd i fod i lifo i'r cafn yn llifo i lawr y clogwyn yn un ffrwd ac yn gwneud rhai o'r tai yn llaith. Ar yr un pryd doedd dim bwlch yng nghyflenwad dŵr y fyddin. Islaw'r barics roedd y toriad wedi digwydd.

Yn naturiol, gofynnodd pennaeth Hangrum am ganiatâd i'w wŷr drwsio'r bibell yn rhan y fyddin o'r pentref. Roedd gwarchodaeth gaeth ar y rhan honno. Ni châi'r un Naga fynd yno heb ganiatâd.

Ond roedd Wilkins yn digwydd bod mewn tymer ddrwg. Dywedodd wrth y pennaeth ei fod yn rhoi ei ganiatâd ar yr amod bod y pentrefwyr yn rhoi gwybodaeth iddo am y *gechipai*.

'Mae hynny'n ddigon teg,' meddai Wilkins. 'Rhowch chi'r wybodaeth i mi, ble mae hi i'w chael ac mi rof innau ganiatâd i chi drwsio'r bibell ddŵr.'

Plediodd y pennaeth ag o.

'Mi fydd yn anghyfleus iawn i ni'r pentrefwyr,' meddai.
'Mi fydd raid i'n merched ni fynd i lawr yr allt at yr afon
i gyrchu dŵr, a chludo'r dillad yno i'w golchi. A fedr neb
roi dim o hanes yr hen wraig i chi. Does neb ohonom yn
gwybod ble mae hi.'

Ond roedd y Major yn benderfynol o gael ei ffordd: 'Os
na cha i wybodaeth ble i ddod o hyd i'r hen wraig, fydd 'na
ddim trwsio ar y bibell,' meddai.

Erbyn min nos y diwrnod hwnnw doedd dim
gwybodaeth wedi dod i law am y *gechipai*. Ond wedi iddi
dywyllu roedd rhywun wedi mynd i fyny at y pistyll
uwchlaw'r pentref a thynnu'r pibellau bambŵ i gyd oddi
yno. Doedd gan neb gyflenwad dŵr yn awr!

Llidiodd Wilkins ac anfon am y pennaeth.

'Rhaid i chi ddwyn pwy bynnag sydd yn gyfrifol am
dynnu'r pibellau o fy mlaen i i gael eu cosbi,' meddai
wrtho.

Roedd y pennaeth mor gyfrwys â sarff.

'Ymwelwyr â'r pentref sydd wedi torri'r cyflenwad
dŵr,' meddai. 'Dim ond digwydd galw yn Hangrum ar eu
ffordd i Manipwr yr oeddan nhw. Bellach maen nhw'n
sicr o fod dros y ffin ym Manipwr ac allan o gyrraedd.'

Cynddeiriogodd Wilkins ymhellach. Gorchmynnodd
gadw'r pennaeth yn y ddalfa. Roedd pethau'n mynd o
ddrwg i waeth!

Roedd yn sefyll i reswm na fedrai'r Nagas a'r fyddin
gyd-fyw yn yr un pentref heb ddod i ddealltwriaeth â'i
gilydd. Gynt medrai milwr deimlo'n eithaf diogel o fewn
ffiniau'r pentref, heb ofni y byddai'r Nagas yn ymosod
arno. Tu allan i'r pentref, wrth gwrs, roedd y sefyllfa'n
wahanol; pawb drosto'i hun oedd hi. Ond bellach allai neb
o'r milwyr gymryd yn ganiataol y byddent yn ddiogel o
fewn y pentref chwaith. Medrai'r pentrefwyr dreiddio fel
rhithiau anweledig i wersyll y fyddin yn y gwyll, er bod
gwarchodaeth gaeth arno. Cafwyd hyd i un o'r Sikhiaid â
chyllell trwy ei galon a chafodd un o'r swyddogion neidr

yn ei wely, tu mewn i'r llen-fosgito. Dechreuodd pla o lau boeni'r milwyr; roedd pawb yn cosi'n ddi-baid ac yn crafu'r croen hyd at friw. Beiai'r milwyr brodorol y Nagas am y llau; haerai'r swyddogion mai prinder dŵr a diffyg glanweithdra eodd yn gyfrifol am y pla. Roedd Williams a minnau wedi gweld digon o gampau Gaidilŵ i amau mai hi oedd tu ôl i'r peth. Fel y dywedodd Williams:

'Petai'r llau wedi cymryd rhai dyddiau i amlhau, mi fedrwn gredu eu bod nhw wedi dod yng nghwrs naturiol pethau. Ond mae i'r pla fynd trwy'r gwahanol farics mewn diwrnod yn rhoi prawf ar hygoeledd dyn. Yr unig beth sy'n peri imi amau ai Gaidilŵ sydd tu ôl i'r peth ydi dy fod ti a mi yn cosi ac yn crafu fel y lleill! Mae hi'n arfer ein cadw ni allan o'r trafferthion sy'n dod ar y fyddin yn sgil ei chynllwynion.'

Y diwedd fu i Wilkins benderfynu ildio rhyw gymaint. Anfonodd amdanaf, a gofyn i mi fynd i drefnu cyfaddawd â'r pentrefwyr, er mwyn inni gael ein cyflenwad dŵr yn ôl.

'Mi ddweda i un peth wrthoch chi,' meddwn wrtho. 'Fydd y Nagas ddim yn barod i drafod telerau â chi heb ichi ryddhau eu pennaeth nhw'n gynta. Yn wir, fo ydi'r person y dylech chi ddod i ddealltwriaeth â fo. Fo ydi'r unig un a all siarad dros bawb yn y pentre.'

Wedi peth dadlau cytunodd Wilkins. Piciais innau i lawr i waelod y pentref cyn belled â'r *hangseuki* i geisio rhai o'r hynafgwyr. Cefais groeso ganddynt fel arfer a gosod llestr o *hezau* wrth fy mhenelin. Fel y disgwyliwn, doedden nhw ddim yn barod i drafod dim cyn cael sicrwydd pendant y byddai eu pennaeth yn cael ei ryddhau. Medrais innau roi'r sicrwydd hwnnw iddynt, a daeth cynrychiolaeth ohonynt gyda mi i fyny i'r barics i hebrwng eu pennaeth yn ôl ac i drafod amodau heddwch. Erbyn inni gyrraedd i fyny, roedd y pennaeth yn rhydd eisoes ac yn yfed te yng nghwt y Major. Cyn pen ychydig roedd yr helynt drosodd a threfniant ar y gweill i yrru pentrefwyr i fyny i ailgysylltu'r cyflenwad dŵr i bob rhan o'r pentref. Fu dim sôn am y *gechipai*; roedd Wilkins yn rhy falch o ddod allan o'r helynt i feiddio codi gwrychyn y Nagas mewn unrhyw ffordd!

Fore trannoeth aeth Williams a minnau i lawr i waelod y clogwyn a galw gydag Isamle. Er ein mawr syndod dywedodd wrthym fod yn ddrwg gan Gaidilŵ ein bod wedi cael ein trafferthu gan lau fel y gweddill o'r gwersyll.

'Doeddech chi ddim i fod i gael eich cynnwys yn y drafferth,' meddai. 'Ond ambell dro mae cynlluniau Gaidilŵ yn mynd ychydig o chwith. Fodd bynnag, mae hi wedi dyfeisio ffordd i'ch cadw chi rhag cael eich poeni gan y llau o hyn ymlaen.'

Ar hyn estynnodd frigyn gwyw o gornel dywyll yr ystafell a'i basio dros ben Williams a minnau.

'Dyna fo,' meddai, 'wnaiff y llau mo'ch poeni chi mwyach.'

Ac, yn wir, fe beidiodd y cosi'n syth.

'Mi fasan yn medru gwneud ffortiwn petaen ni'n gwybod cyfrinach y brigyn 'na a gwybod sut i gadw llau draw,' meddai Williams.

'Meddylia di'r arian y medren ni ei godi trwy hyn yn y fyddin yn Hangrum 'ma'n unig!' cytunais innau.

Er nad oedd hi'n deall gair o Gymraeg, roedd yn amlwg fod Isamle wedi darllen ein meddyliau.

'Nid yn y brigyn y mae'r rhin ond yn y swyn mae Gaidilŵ wedi ei osod arno fo,' meddai. Estynnodd y brigyn o'r gornel a thynnu dail oddi arno. Doedd o'n ddim ond darn o bren gwyw.

Beth bynnag oedd cyfrinach y brigyn, roedd o'n effeithiol! Ciliodd pob lleuen o *basha* Williams a f'un innau, tra daliodd pawb arall i gosi ac i grafu!

8

Roedd y Major wedi ei foddhau'n arw fy mod wedi
llwyddo i setlo cwestiwn y dŵr a'i achub o a'r fyddin o
sefyllfa gas. Roeddwn i'n agos â bod yn y 'gwd bwks'
ganddo chwedl Williams. O ganlyniad i hyn fe'm
hanfonodd i Tualpui i holi ynghylch si fod rhai o'r Nagas
dros y ffin yn Manipwr, a Bryniau'r Naga, rhai o
lwythau'r Angami Naga a'r Ao Naga, yn debyg o roi
cynorthwy ymarferol i'w brodyr, ein Zeme Nagas ni ar
Fryniau'r Barail, yn eu hymdrech yn erbyn y fyddin. Hyd
yn hyn roedd y llwythau dros y ffin wedi ymgadw rhag
ymuno â'r gwrthryfel a'n hofn cyson yn y fyddin oedd i'r
rheini fwrw'u coelbren ar ochr y Zeme. Golygai hynny y
byddai'r holl fynydd-dir rhwng India a Burma yn un
goelcerth fawr mewn dim amser. Byddai'r Cwcis yn
Tualpui, oedd fel y Nagas, â chysylltiadau agos â'u brodyr
Cwci dros y ffin, yn siŵr o fod wedi clywed rhywbeth am
y symudiadau hyn os oedd gwir yn y si.

Doeddwn i ddim yn meddwl bod angen gwarchodlu cryf
arnaf i deithio i Tualpui. Roedd pobl Nenglo a Laisong yn
gyfeillgar tuag ataf. Felly cymerais Ram a dau Gwrca arall
i fod yn gwmni i mi ar y daith. Gelwais yn Nenglo am
fwgiaid o *hezau* a mynd ymlaen yn hamddenol i Laisong
cyn troi am Tualpui. Doedd dim siw na miw o Ilangle nac
Isuongle yn Laisong, a doedd neb fel pe baent yn gwybod
ble roedd y ddwy; allan yn crwydro gyda'r criw pobl ifainc
oedd barn y rhelyw.

Roeddwn i'n siomedig iawn. Roeddwn i wedi meddwl
yn siŵr y byddai Ilangle gartref yn Laisong. Synnwn ynof
fy hun fy mod mor siomedig. Sut roedd geneth o blith pobl
gyntefig heb gael nac ysgol na chyfle i gymysgu llawer
wedi cael cymaint o afael arnaf? Beth fyddai diwedd y
gyfathrach â hi? Fedrwn i ei gadael hi ar ôl ar y Bryniau
pan ddôi'r amser i'r fyddin adael? Fe wyddwn mai dyna
oedd yn digwydd fel rheol pan fo dynion gwyn yn symud

i le arall neu'n gadael India: rhoi anrheg go dda i'r ferch a chanu'n iach, a rhoi swm anrhydeddus iddi hwyrach i dalu am fagu'r plentyn os oedd un yn deillio o'r gyfathrach. Ond amheuwn yn fawr a fedrwn i dorri cysylltiad ag Ilangle mor hawdd a hynna. Roedd hi yn fy ngwaed i; yn rhan ohonof. Awn â hi gyda mi'n ôl i Gymru, a'i phriodi hwyrach os dymunai hi hynny.

Roedd Williams a minnau wedi cael sgwrs gyffredinol ar y pwnc tra buom yn cicio'n sodlau yn Hangrum.

'Wyt ti'n meddwl gwneud Isuongle yn "gymar bywyd" i ti, fel maen nhw'n dweud, Williams?' gofynnais iddo.

'Beth wyt ti'n ei feddwl? Wyt ti'n meddwl mai dyn sy'n medru caru merch a'i thaflu hi heibio fel cerpyn wedyn ydw i? Fel y gwyddost ti, hen lanc dibrofiad ydw i cyn belled ag y mae merched yn y cwestiwn, ond mi fedra i dy sicrhau di na chaiff Isuongle ddim dianc o 'ngafael i'n hawdd!'

'Hy, tipyn o ramantydd aie?' atebais. 'Un sy'n credu mewn syrthio mewn cariad am byth a dal yn driw hyd angau!'

'Rwyt ti'n iawn fan yna,' oedd ateb Williams.

Y gwir oedd fod gan y genethod Naga ryw swyn arbennig inni. Tybed ai oherwydd y cysylltiad â Gaidilŵ roedd eu gafael nhw mor dynn arnom?

Roedd yn wir eu bod nhw'n bert ac yn llawn hyder yn eu caru.

'Rydw i'n siŵr y medrai'r genod Naga 'ma roi cyngor neu ddau i rai o dduwiesau Hollywood!' chwedl Williams. Ond roedd rhywbeth mwy nag atyniad merch bert yno; roedd aeddfedrwydd a dawn i drafod dyn yn ogystal â'i fodloni. Hwyrach bod mwy na hynny hefyd, fod cysgod Gaidilŵ arnom ni a hwythau yn gwau cwlwm rhyngom.

Cawsom groeso mawr yn Tualpui. Roedd yr hen bennaeth yn ei gwman yng nghornel y lle tân yn crynu mewn pwl o'r cryd.

'Ydi hwn yn lle drwg am *malaria*?' gofynnais i'w deulu.

ychydig, ond mi lwyddodd y Cwcis a ninnau i yrru'r Nagas ar ffo. A dyna lle roeddech chithau a dwsin eraill hefyd yn gorwedd yn anymwybodol pan gawson ni gyfle i ddod â golau. Rydach chi'n fwy ffodus na'r lleill, *Sahib*. Mae'r lleill i gyd wedi marw.'

Beth wnaeth i Getumseibe ollwng ei afael a gadael imi fyw, tybed? A oedd gennyf unwaith eto achos i ddiolch i Gaidilŵ am ymyrryd? Doedd dim argoel o Getumseibe yn unman. Roedd o wedi dianc yn fyw o'r ysgarmes, 'ta beth.

Ar ôl imi godi ar f'eistedd teimlwn rywbeth caled ym mhoced fy llodrau. Tynnais ef allan. Y tlws a gawswn gan y *gechipai!* Sut y daeth o i fod yn fy mhoced? Fyddwn i byth yn ei gario yn fy mhoced ond yn ei wisgo ar linyn tu mewn i'm crys. Rhaid fod rhywun wedi ei dynnu oddi am fy ngwddf a'i ddodi yn fy mhoced! Ac yna sylwais fod yna flodyn hefyd yn fy mhoced lle'r oedd y tlws wedi bod. Botwm gwyn o flodyn! Hoff flodyn Ilangle; roedd hi wastad yn ei wisgo yn ei chlust. Roedd Ilangle wedi bod yma! Cusenais y blodyn a oedd wedi bod mewn cyffyrddiad â'i chorff annwyl a'i ddodi'n ôl yn fy mhoced. Roeddwn i'n dal dan gysgod Gaidilŵ!

Doedd yr un o'r Gwrcas wedi cael niwed mawr yn y sgarmes, dim ond pennau tost ac ambell doriad *dao*. Ond roedd galar mawr yn Tualpui; roedd yr hen bennaeth wedi cael ei drywanu trwyddo gan waywffon Naga a chwech o bentrefwyr eraill wedi eu lladd.

Dyna'r unig angladd welais i ar Fryniau'r Barail. Aeth nifer o'r pentrefwyr ati ar unwaith i dorri bedd tra cyrchodd eraill i'r jyngl i dorri bambŵ tenau. Daeth yn eglur yn fuan beth oedd pwrpas hyn. Torrid pob bedd yn sgwâr i ddechrau, ac yna tyllu siambr sgwâr yn un o'r ochrau a sedd o bridd ynddi. Yna gorchuddid y sedd bridd â darnau bambŵ a oedd wedi eu torri i'w ffitio, a gosod y corff ar y sedd. Yn olaf caeid ochrau'r siambr â phalis bambŵ fel bod y corff wedi ei gau i mewn yn ei ystafell fach heb ddim pridd yn ei gyffwrdd. Gosodid *dao* y gŵr marw

81

hefyd a bwyd a diod iddo mewn llestr ar y sedd gyda'r corff.

Erbyn i mi ddychwelyd o Tualpui i Hangrum gyda'r neges nad oedd dim yn y si ynglŷn â'r llwythau Naga eraill o dros y ffin yn ymuno â gwrthryfel Gaidilŵ, cefais fod y fyddin yn Hangrum wedi cael newydd da, sef fod olynydd i'r Cyrnol Adams wedi'i benodi, Gwyddel o'r enw Delaney. Roedd bron pawb yn falch o'r newydd; doedd Wilkins ddim yn boblogaidd ymhlith y dynion. Byddai'r Cyrnol newydd yn cyrraedd Mahur, yr orsaf reilffordd agosaf i diriogaeth y Nagas ymhen pedwar diwrnod, ac roedd angen gosgordd i fynd i'w gyfarfod, i'w hebrwng yn ddiogel i Hangrum. Penododd Wilkins fi ar gyfer y dasg hon. Roeddwn i fynd â Williams a'r Gwrcas gyda mi.

Roedd Williams wrth ei fodd. Dyma'r tro cyntaf iddo 'fynd o fewn cyrraedd gwareiddiad' ers dros flwyddyn.

'Hwyrach y bydd cyfle inni weld y genod,' meddai. 'Maen nhw'n arfer mynd i Mahur i'r farchnad weithiau.'

Aethom ein dau i lawr i'r tŷ ar waelod y clogwyn, a rhoi gwybod i Isamle. Hwyrach y medrai hi hysbysu'r ddwy eneth Naga ein bod yn mynd i Mahur.

Roedd hi'n ddeuddydd o siwrnai i orsaf y rheilffordd. Rhaid oedd teithio cyn belled â Laisong, ac yna troi i'r gorllewin a mynd trwy fwlch uchel yn y mynyddoedd heibio i rai o bentrefi hynaf y Zeme Naga, Impoi ac Asalu, ac i lawr i'r pant lle rhedai'r rheilffordd. Roedd y rheilffordd hon yn gampwaith o fedr peirianyddol, yn codi i uchder o ddeunaw cant o droedfeddi i ddod o fewn cyrraedd i rai o bentrefi pwysicaf y diriogaeth a thref fach Haflong.

Cawsom siwrnai ddifyr i Laisong, Williams a'r Gwrcas a minnau. Roedd hi'n haul braf, a chwmnïoedd o bentrefwyr yn britho'r ffordd, yn teithio yr un llwybr â ni i farchnadoedd Mahur a Maibang, a strapiau eu basgedi trymion llawn am eu talcennau, gan adael y dwylo'n rhydd i afael mewn gwaywffon neu *dao* neu ffon.

Penderfynais mai doeth fyddai inni aros yn Tualpui y noson gyntaf gan fod y Gwrcas gyda ni; byddent hwy'n fwy cartrefol yno nag yn Laisong, am eu bod wedi treulio wythnosau yno ar warchodaeth. O'm rhan fy hun, byddwn wedi dewis aros yn Laisong, yn y gobaith y byddai Ilangle ac Isuongle ar gael yno. Croesawyd ni gyda gwledd fawr gan bennaeth newydd Tualpui, mab yr hen frawd diddan a oedd wedi bod mor garedig wrthym gynt. Lladdodd *mithan* anferth inni a llwythodd ni â bwyd. Doedd Williams erioed wedi gweld *mithan* o'r blaen heb sôn am brofi'r cig coch hyfryd a flasai fel y bîff gorau.

'Bron na faswn i'n medru barddoni am rinweddau'r cig 'ma!' meddai. 'Does dim ond pregethwr ar ddydd Sul yn cael cig fel hwn gartre! Pam nad ydan nhw'n cadw mwy o'r creaduriaid mawr 'ma, tybed? Mi fasan yn medru gwneud eu ffortiwn wrth werthu'u cig nhw i Fahometaniaid y Gwastadedd.'

'Eu cadw nhw er mwyn eu cig yn unig maen nhw,' meddwn innau, 'Chlywais i ddim am neb yn eu godro nhw. Ran hynny, mae nhw'n rhy wyllt i'w godro; dydyn nhw ddim hyn yn oed yn eu cadw nhw mewn unrhyw gwt neu gorlan, dim ond gadael iddyn nhw grwydro'n wyllt yn y jyngl ar gwr y pentrefi. Does dim peryg i na theigar na llewpard na'r un anifail rheibus darfu arnyn nhw; mae'r ddiadell yn glynu'n glòs wrth ei gilydd, a gwae unrhyw greadur wnaiff eu bygwth. Un waith yn unig y bu raid i mi fynd heibio i haid ohonyn nhw ar gwr pentre; mi roedd fy nghalon i yn fy ngwddw i nes oeddwn i allan o'u ffordd nhw, cred fi!'

'Beth yn hollol ydyn nhw?' gofynnodd Williams. 'Nid buail. Mae digon o'r rheini i'w cael yn y pentrefi Manipuri a Cachari. Hen greaduriaid mawr efo cyrn fel handlbars beic. Rhai peryg ydi'r rheini hefyd. Ond maen nhw'n godro'r rheini ac mae plant bach yn gallu'u trafod nhw. Ond mae'r rhain yn dipyn mwy na buail, a gwddw fel tarw gan bob un.'

'Beison ydyn nhw nid byffalo, 'run creaduriaid ag y byddai'r Indiaid Cochion yn arfer eu hela, ond fod y rhain yn beryclach, mi dybiwn.'

'Wel, os ca i eu cig nhw, mi gaiff y Cwcis y pleser o'u cadw nhw!' oedd sylw terfynol Williams ar pwnc.

Fore trannoeth roedd Ilangle ac Isuongle yn ein disgwyl yn nhro'r llwybr a arweiniai i Laisong.

'Mi ddown ni efo chi cyn belled ag Impoi,' meddai Ilangle, 'ac mi yrrwn neges i'r Nagas yn y pentrefi gorllewinol eich bod chi'n dod, rhag i neb darfu arnoch chi o Impoi ymlaen.'

'Wel, mae'n bwysig iawn i'r Nagas hefyd fod y Cyrnol newydd yn cyrraedd pen ei daith yn ddiogel,' meddwn innau. 'Siawns na fydd o'n fwy doeth yn ei ymdrin â'r Nagas na Wilkins.'

Roeddem ni'n pasio pentref Impoi, wrth gwrs, ar ein ffordd i Mahur. Ac roedd negesydd milwrol yn ein disgwyl yn nhro'r pentref i ddweud fod y rheilffordd wedi'i thorri yn is i lawr na Mahur gan ddaeardor—peth cyffredin iawn ar reilffordd Gogledd Cachar; roedd hi'n mynd trwy wlad mor serth—ac y byddai raid i'r Cyrnol newydd adael y rheilffordd a cherdded taith deuddydd i Mahur. Felly doedd dim gobaith i'r Cyrnol gyrraedd Mahur drannoeth.

Mynnodd Ilangle ein bod yn aros yn Impoi tan drennydd. Roedd ganddi berthnasau'n byw yn y pentref hwn hefyd! Cytunodd Williams a minnau. Ac roedd gennym ddigon o ffydd yn y Nagas, y byddem yn ddiogel heb osgordd, i adael i'r Gwrcas fynd yn eu blaenau i Mahur hebom. Roedd yno siopau gwirod a thai bwyta yn gwerthu bwyd y Gwastadedd; gwyddwn fod y Gwrcas yn edrych ymlaen at brofi hynny o foethau a oedd i'w cael yn Mahur, er mai pentref bychan yn dibynnu ar gwstwm y rheilffordd ydoedd.

Roedd pobl Impoi yn wahanol i'r Nagas eraill roeddem ni wedi eu cyfarfod; gwelais hynny ar unwaith. Roedden nhw'n dywyllach eu croen a ffurf eu hwynebau'n wahanol. Crybwyllais hyn wrth Ilangle.

'Mae gweddillion hen frodorion y Bryniau 'ma i'w cael yn Impoi,' meddai, 'y bobl oedd yma ymhell cyn i'n pobl ni gyrraedd yma, yn wir rai cannoedd o flynyddoedd cyn i ni ddod. Pobl o'r enw Asiemi oedden nhw. Doedden nhw ddim yn rhyfelwyr. A phan ddaeth y Cachari i'r Bryniau roedden nhw'n gormesu'r Asiemi yn ddidrugaredd. Ond roedden nhw'n bobl glyfar iawn ac yn medru gwneud rhai pethau na fedr neb arall eu gwneud. Mi ddangosa i chi, ar ôl inni gael bwyd, rywbeth nad oes neb o'r bobl wyn wedi ei weld erioed, un o gyfrinachau'r Asiemi.'

Wedi inni ymdrochi a chael swper, arweiniodd ni i fonc oedd y tu ôl i'r pentref. Roedd hi'n tywyllu erbyn hyn a chreaduriaid yr hwyr yn deffro o'n cwmpas; y carw bach yn pesychu o ganol y bambŵ a'r dylluan fawr yn sgrechian ei sgrech hela a rhyw greadur na fedrwn i mo'i leoli yn chwibanu o ben y ceunant i gefndir sŵn di-baid y brogaod. Roedd y llwyni ar bob llaw inni yn gyforiog o siffrwd craduriaid bach oedd yn dianc am eu hoedl o olau'r ffagl fambŵ a ddaliai Ilangle.

'Gobeithio fod ar y nadroedd fwy o'n hofn ni nag sydd arnon ni eu hofn nhw!' meddai Williams dan ei wynt.

'Amen!' atseiniais innau.

Fuom ni ddim yn hir cyn cyrraedd cilfach lle'r oedd agoriad cul yn y graig. Arweiniodd Ilangle ni i mewn iddo. Wedi inni fynd ychydig lathenni i mewn roedd yr ogof yn lledu.

''Drychwch draw acw,' meddai Isuongle. Gwnaethom hynny, a gweld golygfa a gymerodd ein gwynt yn lân; gweld pentwr o emau'n disgleirio tu hwn i agen lydan oedd yn croesi'r llwybr i mewn i'r ogof, a dwsinau o seirff o bob math yn gwau trwy'r pentwr gemau. Roedd yno nadroedd cobra a'u lliw yn gwahaniaethu o ddu-loywddu hyd at frown, nadroedd *dwi-mukhi* a'u bandiau du a gwyn (roedd pobl yn dweud fod y rhain yn gallu brathu â'r safn ac â'r gynffon; dyna pam y'u gelwid yn *dwi mukhi* yn golygu 'dau wyneb'), nadroedd *lal gola* a'u coler goch yn sgleinio yng ngolau'r fflam, a nadroedd *krait*, nadroedd byr, prin droedfedd o hyd, ond yn farwol eu gwenwyn, a phrydferthwch emrallt y diamwndiau ar eu cefn yn gelwydd byw.

Yn ffodus roedd yr hollt yn y llawr yn ddigon llydan i rwystro'r nadroedd rhag medru croesi atom, ond hawdd iawn fuasai gosod planc dros yr hollt a chroesi at y gemau.

'Dyma drysor yr Asiemi,' meddai Ilangle, 'ac mae'r nadroedd yn ei warchod iddyn nhw. Chi ydi'r bobl wyn gyntaf i'w weld. Mae rhai o'r hen deuluoedd Asiemi wedi priodi â rhai o blith y Zeme Naga yn Impoi ac mae pobl Impoi yn credu os bydd perygl mawr yn bygwth Impoi rywdro, y bydd y nadroedd yn gadael iddyn nhw gael y trysor i'w prynu'u hunain allan o drybini.'

'Wyt ti'n credu hynna, Ilangle?' gofynnais iddi.

'Ydw,' atebodd hithau. 'Mae peth o waed yr Asiemi ynof finnau, ac mi wn fod y broffwydoliaeth yn wir. Fe ddaw gwaredigaeth ryw ddydd trwy drysor yr Asiemi.'

'Sut na fyddai rhywun wedi llwyddo i ladrata'r trysor?' gofynnodd Williams. 'Mae'n wir bod y nadroedd gwenwynig 'na'n ddigon i ddychryn lladron i ffwrdd, os na fydd gynnyn nhw daclau angenrheidiol i'w trafod nhw. Ond, erbyn heddiw, peth cymharol hawdd fyddai lladd y nadroedd trwy ddefnyddio cyffuriau neu nwy gwenwynig, a dwyn y gemau.'

'Mae llawer wedi ceisio'u lladrata nhw,' atebodd Ilangle. 'Ond nid y nadroedd yn unig sy'n eu gwarchod nhw. Mae swyn arnyn nhw, a hwnnw'n un nerthol, yn fwy nerthol hyd yn oed na gwenwyn y nadroedd. Mae'r *Gechime*, yr Hen Rai, sy'n byw yng nghrombil y Barail, hefyd yn eu gwarchod nhw.'

'Wel, dyna chi rŵan, rydach chi wedi gweld peth na welwch chi mo'i debyg byth, Trysor yr Asiemi,' meddai Isuongle a throi ar ei sawdl a'n harwain allan o'r ogof i'r awyr agored eto. 'Alla i ddim goddef bod yn yr ogof 'na'n hir. Mae ias yn mynd i lawr f'asgwrn cefn i yna, er bod gen innau beth o waed yr hen Asiemi yn fy ngwythiennau.'

Roedd Ilangle'n ddywedwst iawn yr holl ffordd yn ôl i'r pentref, roedd yn amlwg fod rhywbeth wedi'i chythruddo. Gofynnais iddi: 'Be sy, Ilangle?' a thorrodd allan i feichio crio. Fynnai hi ddim dweud wrthym beth oedd o'i le. Ond yn nes ymlaen y noson honno, dywedodd Williams wrthyf:

'Mae Isuongle'n dweud fod Ilangle'n medru gweld i'r dyfodol. Dyna sydd wedi'i chythruddo hi heno, meddai Isuongle; wedi gweld rhywbeth dychrynllyd yn y dyfodol y mae hi! Dwn i ddim beth i'w feddwl,' ychwanegodd wedyn, 'ond rwyt ti a fi wedi mynd dros ein pennau i mewn i bethau nad oes gynnon ni ddim dirnadaeth ohonyn nhw, frawd.'

'Ddwedodd Isuongle ddim beth welodd Ilangle yn y dyfodol?' gofynnais.

'Naddo, ond mae'n rhaid ei fod o'n rhywbeth go arswydus i wneud iddi feichio wylo fel yna.'

Erbyn tua hanner nos roedd Ilangle wedi dod ati'i hun ac yn llawn asbri, yn cofleidio a chusanu a chogio fflyrtio efo Williams, ac roedd hi ac Isuongle o dro i dro'n ymuno yn y dawnsio gosgeiddig i drawiad y drwm mawr. Roeddwn i wedi sylwi o'r blaen fel roedd pobl y Llwythau Mynyddig yn medru taflu ofnau'r dyfodol heibio ac ymroi i fwynhau'r presennol. Roedden nhw fel dydd o Ebrill, heulwen a chawod bob yn ail.

Cyn inni fynd i glwydo, dywedodd Williams; 'Mae Isuongle'n mynd â fi i ymweld ag Asalu fory. Dydi o ddim yn bell o Impoi, ac mae 'na ŵyl arbennig yn cael ei chynnal yno fory. Mi fyddan nhw'n ymaflyd codwm â byffalo yno. Ydach chi'ch dau am ddod?'

'Wrth gwrs ein bod ni am ddod os oes 'na rywbeth diddorol i'w weld,' atebais innau.

Yr ogof a'r trysor oedd yn dal ar feddwl Williams fore trannoeth, pan oeddem yn cerdded i Asalu.

'Wyt ti'n meddwl fod yr ogof a'r trysor yno mewn gwirionedd?' gofynnai. 'Hwyrach mai Ilangle neu Gaidilŵ oedd yn gosod hud arnon ni ac yn gwneud inni weld pethau nad oeddan nhw ddim yno.'

'Rydw innau wedi bod yn cysidro'r un peth,' atebais innau. 'A hyd yn hyn, dydw i ddim wedi medru dod i ddim casgliad pendant. Mi faswn i'n taeru, pan welais i'r nadroedd hynny yn yr ogof ar ffin Manipur, eu bod nhw'n nadroedd go-iawn. Ond mae gynnon ni air Ilangle am y rheini, mai yn fy meddwl i'n unig roeddan nhw. Doedd 'no ddim nadroedd. Ilangle oedd yn eu consurio nhw a'u gosod nhw yn fy meddwl i. Hwyrach mai'r un peth ddigwyddodd neithiwr. Mae un pwynt diddorol wedi 'nharo i: mi ddwedodd Ilangle ei bod hi'n rhannol yn un o ddisgynyddion hen lwyth yr Asiemi. Felly hefyd Isuongle. Hwyrach mai rhyw ddawn sy'n perthyn i'r hen lwyth coll ydi'r gallu i wneud i bobl weld pethau nad ydan nhw ddim yno. Mi fyddai'n ddiddorol holi a gweld oes rhyw gysylltiad rhwng Isamle hefyd ag Impoi.'

Roedd pentref mawr Asalu dan ei sang, pobl wedi tyrru yno o bob un o'r pentrefi Naga cyfagos. Doedden ni ddim yn sylweddoli, nes inni gyrraedd, fod ymryson yn mynd i fod rhwng timau o ddynion o Laisong ac Impoi. Y gamp i ymgeisio amdani oedd llorio *mithan*, nid byffalo fel roedd Williams wedi cael ar ddeall. Wedi i bawb gael dogn o gwrw reis arweiniwyd clamp o *mithan* braf i'r lawnt o flaen yr *hangseuki*. Roedd angen dwsin o ddynion cryfion i'w arwain i mewn i'r pentref i ddechrau. Yna clymwyd traed y creadur a'i lorio tra oedd rhai o'r pentrefwyr yn plethu cangau gwyrdd am ei gyrn i leihau niwed ei gornio.

Daeth offeiriad y pentref ymlaen a thorri'r clymau oedd yn ei ddal a rhoi dyrnod siarp iddo ar ei gwt â phastwn. Llamodd y creadur mewn braw a rhuthro i lawr stryd y pentref a heidiau o bobl yn rhedeg ar ei ôl. Wrth gwrs aethom ninnau ein pedwar i weld beth oedd yn digwydd. Medrodd un o ddynion Laisong gael gafael ar gynffon y *mithan*; daliodd ei afael ynddi a llusgo'i draed i geisio'i arafu. Pwrpas hyn oedd rhoi cyfle i aelodau eraill tîm ei bentref ddod yn un haid i afael yng nghyrn a chlustiau ac unrhyw ran arall o gorff y *mithan* y medrent gael gafael arno, i geisio'i lorio. Ond roedd y bwystfil mawr yn rhy gyfrwys iddynt; trodd yn sydyn nes i'r brawd oedd yn gafael yn ei gynffon orfod ei gollwng a dianc am ei hoedl. Roedd y creadur afrosgo mawr yn wynebu'r rhai oedd yn ei ymlid nawr; gwasgarodd y rhain fel dyn yn chwalu tail, a charlamodd yr anifail ymlaen i fyny'r pentref gan ddymchwelyd pentyrrau coed tân a thaclau eraill a chornio basgedi, a hyd yn oed bwyo un o'r ffyrch pren oedd yn dal pibell ddŵr y pentref, nes bod dŵr yn pistyllio o'r toriad.

Roeddem ninnau ar ei lwybr; doedd dim amdani ond ffoi a cheisio noddfa rhag y creadur cynddeiriog. Doedd dim amser i fynd am y tai; gwell anelu am nifer o goed oedd ar gwr uchaf y pentref. Llwyddodd Ilangle a minnau i gyrraedd un o'r coed a'n tynnu'n hunain i fyny ar gangen braf oedd yn rhy uchel i gyrn y *mithan* fedru'i chyrraedd. Yn ein ffrwst, doeddem ni ddim wedi cael cyfle i sylwi ar hynt Isuongle a Williams. Ond o'n safle uchel ar y gangen medrem weld Isuongle'n baglu a syrthio, a Williams yn troi i'w chodi. Roedd y bwystfil mawr ar eu gwarthaf! Gwelodd Williams hynny, a gwthiodd Isuongle i redeg ymlaen gan droi ei hun i wynebu'r *mithan*. Medrodd y Sarjant gael gafael yn y ddau gorn mawr; gwnaeth ymdrech deg i bwyso pen y creadur i lawr. Ond roedd gormod o nerth yng ngwddw y tarw. Cododd y bwystfil ei ben ac anelu am bostyn tŷ, a Williams druan yn dal i hongian wrth ei gyrn.

Bron na chlywn i gnawd ac esgyrn Williams yn crinsian wrth gael eu pwyo rhwng pen y *mithan* a'r postyn. Disgynnodd ei gorff fel rhyw gadach mawr i'r llawr ac aeth ei orchfygwr ymlaen i fyny'r pentref i geisio rhywun arall i'w gornio. Disgynnais ar frys oddi ar y gangen a rhedeg at gorff llipa Williams, ond roedd Isuongle yno o'm blaen. Gorchmynnodd i rai o'r llanciau ei gludo i'r tŷ. Gwelwn fod ôl ergyd y cyrn ar bostyn y tŷ fel craith. Yn rhyfeddol, roedd Williams yn griddfan yn isel. Doedd o ddim wedi'i ladd, ynteu! Ond roedd golwg fawr arno yno ar lawr y tŷ Naga, gwaed yn pistyllio o'i ben a'i ddillad yn ridins, lle'r oedd y cyrn wedi'u rhwygo a'u darnio.

Roedd Isuongle ar ei gliniau wrth ei ochr yn mwmian canu rhywbeth uwch ei ben. Roeddwn i ar fin ceisio tynnu'r carpiau dillad oddi amdano i gael gweld a oedd rhywbeth y medrem ei wneud i drin ei glwyfau, pan afaelodd Ilangle yn fy llaw, a'm tynnu oddi yno.

'Mi ofalith Isuongle am Williams, Dafydd,' meddai. 'Paid â phoeni, mi fydd o'n iawn.'

Erbyn hyn roedd tîm Laisong wedi llwyddo i lorio'r *mithan*. Llusgwyd ei gorff ganddynt i lawnt y pentref a chynnau coelcerth anferth yno a darnio'r cig a'r croen a'r cwbl a'u rhoi mewn crochanau mawr i goginio. Roedd pobl yn dawnsio a chwerthin a'r twrw'n fyddarol. Doeddwn i ddim yn teimlo fel dathlu llwyddiant gwŷr Laisong, ond gwthiodd rhywun lestr llawn o gwrw reis i'm llaw. Doedd dim i'w wneud ond ei yfed. Roedd o'n sur fel llaeth wedi troi.

Ar ôl rhyw ddeng munud o wylio'r rhialtwch trois at Ilangle. 'Fyddai ddim yn well inni fynd i edrych sut mae Williams?' gofynnais.

'*Atcha*,' meddai hithau. 'Ond cysgu fydd o, gei di weld.' Roedd hi'n iawn! Cysgai Williams yn braf ym mreichiau Isuongle a golwg fodlon ar ei wyneb o fel baban bach wedi cael ei wala o laeth!

'Gadwch iddo fo gysgu am ryw hanner awr eto.Mi ddeffrown ni o wedyn,' meddai Isuongle. 'Mi fydd yn teimlo fel dyn newydd erbyn hynny.'

Aeth Ilangle a minnau'n ôl i ganol y rhialtwch ac ymuno â nifer o bobl ifainc oedd yn dawnsio i sŵn y drwm.

Adwaenwn amryw ohonyn nhw; roedden nhw yn y criw oedd yn yr ogof ar ffin Manipwr.

Fu dim rhaid inni ddeffro Williams. Er mawr syndod i mi, pwy welem ni'n brasgamu atom ni ar lawnt y pentref yn nes ymlaen ond y dyn ei hun ac Isuongle gydag o.

'Sut wyt ti'n teimlo ar ôl dy nap?' gofynnais iddo.

'Be, fûm i'n cysgu?' gofynnodd. 'Teimlo'n rêl boi. Fûm i 'rioedd yn teimlo'n well!'

Roedd Isuongle wedi cael gafael ar grys o ryw fath iddo, a hwnnw'n rhy fach i gau dros ei frest. Gwelwn nad oedd dim marc ar groen ei frest! A ninnau'n llygad-dystion o'r gwasgu fu arno fo rhwng pen y *mithan* a'r postyn. Doedd yno ddim hyd yn oed glais!

Edrychais i fyw llygaid Ilangle. 'Gwaith Gaidilŵ?' gofynnais.

'Ie,' meddai hithau. 'Rhagor o waith Gaidilŵ!'

'Wyt ti'n meddwl y byddi di'n abl i gerdded i Mahur fory?' gofynnais i Williams.

Atebodd fi trwy afael ynof a'm codi i fyny a'm dal o hyd braich iddo a hynny â'i law chwith! 'Beth wyt ti'n feddwl?' gofynnodd. 'Wyt ti'n meddwl y bydda i?'

Ar y ffordd i Mahur teithiem dow-dow i lawr y llwybr rhwng llwyni rhododendron. Roedd Williams mor atebol ag erioed; dim argoel o wendid arno. Holais ef beth oedd o'n ei gofio am ddigwyddiadau'r diwrnod cynt.

'Rydw i'n cofio'r bwystfil mawr 'na'n dod amdana i, ' meddai, 'ac yn fy nghodi i ar ei gyrn a'm gwasgu i yn erbyn rhywbeth caled. Dydw i'n cofio dim byd wedyn ond bod ym mreichiau Isuongle efo'r teimlad 'mod i wedi bod yng ngwlad y Tylwyth Teg!'

'Gwlad y Tylwth Teg, wir! Afallon yn fwy tebyg! Fanno roedd yr hen fois fel Arthur yn mynd i gael mendio, ' meddwn innau. 'Ond mi wyddost dy fod ti wedi cael dy wasgu'n enbyd gan y bwystfil 'na. A dyma ti, yn ddim gwaeth. Ac mae Ilangle'n dweud mai Gaidilŵ sydd wedi dy fendio di!'

'Felly roedd Isuongle yn dweud wrtha innau,' meddai Williams. 'Beth bynnag sy'n cyfri am hynny, rydw i'n teimlo fel newydd, ac yn barod am unrhyw anturiaeth!'

Daethom ar draws cnwd o fefus gwylltion yn tyfu ar ochr y llwybr mewn llecyn agored. Rhaid oedd gwledda ar y rheini cyn mynd ymhellach. Ac yna cyraeddasom bentref Cwci, Leikhul a gweld clwstwr o feddau ar fin y ffordd a phob un ohonynt â brigyn mawr yn sefyll wrth ei ben, yn lle carreg fedd, a nifer o benglogau anifeiliaid ac adar yn hongian oddi ar y brigau.

'Busnes od ydi rhoi penglogau'r anifeiliaid ar y bedd,' sylwais. 'Mae'r Cwcis yn rhoi pennau'r dynion mae'r ymadawedig wedi'u lladd ar ei fedd hefyd. Ond welais i ddim penglog dyn ar fedd hyd yn hyn.'

'Rydw i'n cofio gofyn i bennaeth Tualpui beth oedd yn cyfrif am yr arferiad,' meddai Williams, 'ac mi esboniodd o i mi eu bod nhw'n credu fod pob creadur mae dyn wedi'i ladd, yn ddyn ac anifail, yn mynd i'w wasanaethu ym Mhentref y Meirw, ar ôl iddo fod fynd i'w aped!'

'Rhyfedd na fasa'r Zeme yn gosod penglogau ar eu beddau nhw, yntê?' meddwn.

'Mae ganddyn nhw beth amgenach i'w osod ar fedd, ' meddai Williams, 'Welaist ti'r plethau o edafedd lliw yn hongian uwchben bedd Naga?'

'Does gen i ddim cof imi weld bedd Naga newydd,' meddwn innau.

'Wel, sylwa di pan weli di un. Mae merch Naga'n rhoi plethen felly i bob dyn mae hi mewn cariad â fo. Wedyn mae'r dyn yn cadw'r blethen fel swfenîr. Ac ar ddiwrnod ei angladd o, mae'r plethau edafedd i gyd yn cael eu hongian uwch ei fedd o, i ddangos carwr mor fawr oedd o! Ma' hwnnw'n siŵr o fod yn well syniad na hongian penglogau uwch ei fedd o!'

'Mae athroniaeth y Naga'n hollol gywir,' atebais innau. 'Mae serch yn drech na rhyfel!'

Roeddem ni ym Mahur mewn digon o bryd cyn i'r

92

Cyrnol gyrraedd. Roedd Ram wedi paratoi pryd yn barod i ni; sylwais fod Williams yn bwrw i mewn i'w reis a chyri mor ddygn ag erioed!

Dyn tal tenau, a thoreth o wallt du fel y frân ganddo, oedd y Cyrnol John Delaney. Roedd yn amlwg o'r cychwyn ei fod wedi ei gyfareddu gan brydferthwch y golygfeydd a welsai wrth ddod i fyny o'r Gwastadedd ar hyd y rheilffordd.

'Rydw i wedi treulio hanner fy mywyd ar Wastadeddau Bengal, heb gyfle i fynd i'r gorsafoedd uchel ac eithrio gwyliau haf yn Simla,' meddai. 'Freuddwydiais i 'rioed fod y ffin 'ma rhwng India a Burma yn ardal mor brydferth. Mae gen i ddiddordeb arbennig mewn tegeirianau a blodau prin tebyg, ac mae'r rhan yma o'r wlad yn gyforiog ohonyn nhw, yn ôl yr hyn fedra i 'i farnu. Rydw i wedi gweld degau o fathau na welais i debyg iddyn nhw o'r blaen yn crogi o'r coed er pan adewais i'r trên. Ac maen nhw'n dweud fod y pabi glas prin i'w gael yn y Bryniau yma. Rydw i'n edrych ymlaen yn eiddgar at gael gweld hwnnw yn anad dim.'

'Mi welwch nid yn unig flodau prin ond pethau eraill prin hefyd,' atebais innau. 'Mae yna anifeiliaid prin fel y trwyngorn gwyn, heb sôn am bobl ag arferion ganddyn nhw nas ceir yn unman arall, mi dybiwn.'

'Ydach chi wedi gweld trwyngorn gwyn?' gofynnodd y Cyrnol.

'Naddo, ond rydw i wedi gweld ôl un mewn tir meddal,' atebais, 'ac mae un o'n swyddogion ni, Lefftenant Miles, sy'n dipyn o heliwr, wedi gweld un droeon.'

'Mae gen i syniad y byddwn ni'n medru cyd-dynnu'n o dda efo'r Cyrnol newydd,' meddai Williams, ar ôl y sgwrs gyntaf honno. 'Mae o'n ymddangos yn ddyn dymunol, ac nid yn hen sinach fel Major Wilkins.'

'Mae o'n Gelt fel ninnau; hwyrach fod 'na rywbeth yn hynny,' atebais innau. Treuliasom y nos yn Leikhul, y pentref Cwci, islaw Impoi. Rhaid oedd rhoi cyfle i'n

Cyrnol newydd ddod i adnabod ein cynghreiriaid yn yr ymdrech yn erbyn y Naga. Roedd Leikhul yn bentref tlotach na Tualpui felly ni chafwyd cig *mithan* yno, dim ond cig buwch, a honno wedi cyrraedd oed pensiwn! Ond roedd Delaney wrth ei fodd cael cysgu mewn tŷ eang a chael yfed cwrw reis wrth danllwyth o dân fin nos.

Roedd Wilkins i fod i ddod i'n cyfarfod i Tualpui i ddangos ei groeso i'w bennaeth newydd. Ond pan gyraeddasom Tualpui, doedd dim golwg ohono.

'Mae'n amlwg fod rhywbeth wedi'i rwystro,' meddwn wrth y Cyrnol, 'ond peth od na fyddai wedi anfon negesydd i ymddiheuro am beidio â bod yma i'n cyfarfod. Mae'n well i mi holi'r Cwcis yn ei gylch.'

Ond doedd neb o'r Cwcis yn gwybod dim o'i hanes. Dywedais wrth y Cyrnol fy mod am fynd i holi rhai o'r Nagas. Ddywedais i ddim fod Williams a minnau ar delerau digon da â'r 'gelyn' i fentro i bentref Laisong, a hynny heb osgordd. Ond dyna oedd fy mwriad. Mae'n debyg fod y Cyrnol yn meddwl mai mynd i holi unrhyw Naga y digwyddwn ei weld yr oeddwn.

Pan holais yn yr *hangseuki* yn Laisong a oedd rhywun yn gwybod hynt a helynt y Major, dywedodd un o'r henwyr wrthyf: 'Gwell i chi gael sgwrs ag Ilangle.'

Gan nad oes hawl gan yr un ferch fynd ar gyfyl yr *hangseuki,* gorfu i Williams a minnau fynd ar sgawt hyd y pentref i chwilio am Ilangle. Cawsom hyd iddi'n golchi dillad gyda merched eraill yn y cafn mawr.

'Mae'r Major *Sahib* wedi pasio islaw Laisong ddeuddydd yn ôl ar ei ffordd i Kepeloa,' meddai Ilangle pan holwyd hi. 'Welais i mohono fy hun; roeddwn i efo chi yn Impoi ar y pryd. Ond mae pobl y pentre 'ma wedi ei weld. Roedd o'n mynd heibio cyn y machlud. Mi fasai wedi cyrraedd Kepeloa ychydig ar ôl iddi hi dywyllu.'

'Beth oedd o'n ei 'mofyn yn Kepeloa, tybed?' meddwn i.

'Hwyrach bod si fod Gaidilŵ yno!' oedd yr ateb cellweirus.

'Oedd ganddo fo lawer o wŷr gydag o?'

'Rhyw gant mae'n debyg.'

'Mi ddylai fod yn iawn felly.'

Penderfynodd y Cyrnol aros am y Major yn Tualpui, a gosod gwylwyr i wylio'r llwybr, i hysbysu'r Major, pan ddeuai, ein bod yn aros amdano yn Tualpui.

Ymhen hir a hwyr cyrhaeddodd y Major mewn hwyliau drwg. 'Wyddoch chi be,' meddai, 'fe wrthodwyd mynedfa i mi a'm Sikhiaid i bentref Kepeloa. Caeodd y Nagas yno lidiart y pentre'n glep yn fy wyneb, a gweiddi nad oedd neb o'r tu allan i fynd i mewn. Yr unig ffordd bosib i mi fod wedi mynd i mewn oedd trwy rym arfau ac roeddwn i'n teimlo nad oedd gen i ddigon o wŷr gyda mi i wneud hyn, na dim magnel i chwalu'r amddiffynfeydd a fyddai ar ein ffordd, felly doeddwn i ddim am geisio gwthio fy ffordd i mewn.'

Ond roedd o a'i wŷr wedi gwersylla yn y jyngl gerllaw, i gadw gwyliadwriaeth ar bentref Kepeloa rhag ofn bod rhywbeth mawr ar droed. Teimlai fod hynny'n bwysicach na bod dipyn yn hwyr yn cyfarfod y Cyrnol.

'Oedd 'na ben ci wedi ei osod i fyny ar bolyn ger giât Kepeloa?' gofynnais iddo.

'Erbyn meddwl, oedd,' atebodd. 'Roeddwn i'n meddwl ei fod o'n beth barbaraidd i'r eithaf i'w wneud, gosod pen ci oedd newydd ei ladd, a'r gwaed yn dal i ddiferu ohono, ar bolyn fel'na!'

'Arwydd oedd y pen ci fod y pentrefwyr yn cynnal *puja*,' eglurais. 'Does dim mynediad i neb, hyd yn oed i bobl o'r un llwyth, dim ond i'r pentrefwyr eu hunain, i bentre ar adeg fel'na. Os bydd unrhyw berson o'r tu allan yn bresennol mi fydd yn torri'r cylch cyfrin. Rhybudd i bawb gadw draw oedd y pen ci; roedd y ci wedi'i aberthu i'r demoniaid a'r pen wedi ei osod yn arwydd o hynny. Fe âi'r holl drafferth a'r costau o aberthu yn wastraff, petai rhywun o'r tu allan wedi cael mynd i mewn i'r pentre.'

'Sut oeddwn i i wybod hynny?' oedd ymateb Wilkins.

'Am faint ydach chi wedi bod ar y Bryniau 'ma, Major Wilkins?' gofynnodd y Cyrnol.

'Dwy flynedd,' oedd yr ateb.

'Wel, fe ddylai fod gynnoch chi grap ar arferion y Nagas a'r Cwcis bellach,' oedd barn Delaney. 'Gwell i chi ymgynghori mwy â'r Lefftenant yn y dyfodol. Mae'n ymddangos ei fod o'n gwybod cryn lawer am ffordd y bobl yma o fyw.'

Roedd y Major yn gynddeiriog. Aeth yn wyn fel y galchen. Doedd hyn ddim yn gychwyn da ar gyd-fyw i ddau bennaeth y fyddin yn y Barail Uchel!

Cawsom siwrnai hwylus yn ôl i Hangrum drannoeth. Roedd Wilkins fel mêl gyda phawb. Gwyddwn mai ceisio mynd i lawes y pennaeth newydd yr oedd o. O dan yr wyneb gwyddwn ei fod yn berwi o ddig. Fyddai Wilkins ddim yn fodlon nes byddai wedi dial yn llawn ar bentrefwyr Kepeloa am y sarhad i'w awdurdod!

Boddhawyd y Cyrnol yn fawr wrth weld mor wyllt oedd y wlad y cerddem trwyddi o Tualpui i Hangrum. Roedd o wrth ei fodd yn syllu i fyny i'r coed talgryf, rhai ohonynt yn dros ddeugain troedfedd o uchder. Croesodd porciw-pein y llwybr o'n blaen a'i phigau hir yn sibrwd wrth iddo frysio ar ei hynt.

'Ydi'r bobl yma'n bwyta cig y porciwpein?' gofynnodd Delaney.

'Ydyn, o dro i dro,' atebais innau 'ac mae'r pigau hir yn cael eu defnyddio'n helaeth gan wragedd y Cwcis, beth bynnag am y Nagas, i gyfrif pwythau pan fyddan nhw'n gweithio darn o frethyn cotwm ar y wŷdd.'

'Mi glywais fod plant y Casiaid yn eu defnyddio nhw fel saethau i'w chwythu allan o beipen-chwythu,' sylwodd Williams.

'Rydw innau wedi clywed hynna am y Casiaid,' meddai'r Cyrnol. 'Mi glywais fod y plant yn eistedd yn hollol lonydd efo'u peipen yn barod a phan welan nhw lygoden fawr yn dringo i fyny mur y tŷ, yn chwythu'r gwilsen o'r beipen fel bwled o wn ac yn ei thrywanu a'i hoelio i'r mur!'

Fel roeddem ni'n mynd trwy ddarn trwchus o'r goedwig syrthiodd siani flewog ar war y Cyrnol. Roedd o'n mynd i'w hel i ffwrdd a'i law pan waeddodd Williams rybudd.

'Gwyliwch, syr, mae'r math yma yn wenwynig. Mi adawith wrym llidiog ar eich croen chi. Mi fydd yn cosi am hydion ac fe alla fynd yn ddrwg a throi'n ddolur. Y ffordd orau i'w symud ydi efo deilen, fel hyn. 'A gafaelodd yn y siani â deilen rhwng ei fys a'i fawd.

'Mi fydden yn arfer cadw siani flewog yn ein pocedi pan oeddan ni'n blant yng Nghymru,' ychwanegodd Williams 'a'r rheini i bob golwg yr un ffunud â'r rhain. Ond thâl hi ddim i wneud hynny allan yma.'

'Wir, rydach chi'ch dau yn un gwyddoniadur o wybodaeth am y wlad 'ma,' sylwodd y Cyrnol. 'Mae'n dda gen i eich cael chi yn y fyddin yn y Bryniau 'ma.'

Doedd y fath ganmoliaeth i ni ddim yn plesio'r Major o gwbwl ac roedd golwg guchiog iawn ar ei wyneb fel y dringem y clip i fyny i bentref Hangrum.

9

Ar ôl treulio ychydig ddyddiau yn gorffwys yn Hangrum, dywedodd Cyrnol Delaney yr hoffai fynd allan i ymgydnabyddu â'r wlad i'r de o Hangrum, sef i gyfeiriad Baladon. Roedd eisoes wedi teithio dros ran o ogledd y wlad ar ei daith o Mahur.

Gofynnodd i mi fynd gydag ef. Cydsyniais innau, a buom yn teithio'r wlad rhyngom a'r Gwastadedd am wythnos gyfan, gan fynd cyn belled â Gardd De o'r un enw â'r pentref Naga, Baladon, lle'r oedd rheolwr Ewropeaidd yn byw. Cawsom groeso mawr gan hwn, dyn o'r enw

Smith, ac ymlacio mewn moethusrwydd cymharol am ddeuddydd. Pan oeddem yn gorfeddian ar y feranda allan o'r gwres un prynhawn gofynnodd y Cyrnol iddo: 'Ydach chi'n cael eich poeni gan gyrchoedd y Nagas yma?'

'Ydan,' oedd yr ateb, 'mae arna i ofn iddyn nhw losgi'r byngalo un o'r nosweithiau 'ma. Mae gen i ddynion arfog yn gwarchod yr Ardd wrth gwrs a digon o nifer ohonyn nhw i rwystro'r Nagas rhag meddiannu'r lle, ond dim digon i'w cadw nhw rhag gwneud cyrchoedd sydyn liw nos yn achlysurol i gasglu penglogau a lladd rhai o'r gweithwyr yma a llosgi'r cytiau te. Rydw i wedi ailgodi'r cytiau deirgwaith eleni'n barod. Yr ofn sydd gen i ydi y bydd y *coolies* yma i gyd yn codi'u pac un o'r dyddiau 'ma ac yn fy ngadael i heb neb ar ôl. Maen nhw'n glasu pan glywan nhw sôn am y Nagas fel y mae hi!'

'Oes yna rywbeth hoffech chi i mi ei wneud i'ch helpu chi?'

'Wel, fe fyddai'n help pe gallech chi anfon nifer o filwyr yma dros gyfnod y cynhaeaf te i aros nes byddwn ni wedi ei gywain a'i brosesu fo. Petaen nhw'n ymosod 'radeg honno a llosgi'r cytiau a hwythau'n llawn o ddail te, mi fyddai elw'r Ardd am y flwyddyn yn diflannu ac mi fyddwn innau'n amhoblogaidd iawn gyda'r perchnogion.'

'Dydw i ddim yn gweld unrhyw rwystr inni fedru eich helpu chi ar y cownt yna,' atebodd y Cyrnol. 'Beth ydach chi'n ei feddwl, Lefftenant?'

'Dim rhwystr o gwbl, syr,' ategais innau.

'Mi drefna i i yrru dynion yma pan fydd eu hangen nhw,' addawodd Delaney. 'Gadewch i mi wybod pryd y bydd hynny 'ta.'

Roedd y Cyrnol wedi casglu nifer o enghreifftiau o blanhigion prin ar y daith i Baladon a chafodd fodd i fyw pan ddarganfu fod rheolwr yr Ardd De hefyd yn ymddiddori mewn tegeiriannau. Gwelwn y byddai'n achub ei gyfle i ymweld â Gardd De Baladon yn aml.

Pan ddychwelasom i Hangrum cawsom fod Wilkins

wedi cael cam gwag unwaith yn rhagor. Roedd o wedi gosod atalfa ar y llwybr rhwng Kepeloa a Laisong ac wedi cymryd meddiant o'r nwyddau roedd y pentrefwyr yn eu cludo i farchnad Mahur, fel cosb ar bentrefwyr Kepeloa am ei wahardd rhag mynd i mewn i'r pentref. Yn anffodus, roedd Wilkins nid yn unig wedi cymryd y nwyddau a gludid i'w gwerthu, reis a llysiau a pherlysiau ac ati, ond roedd o hefyd wedi cymryd meddiant o fwclis *deo-moni* roedd dwy o'r merched Naga yn eu gwisgo, mwclis amhrisiadwy yn eu golwg, am eu bod wedi eu gwneud gan rai o'r Asiemi gynt, a bod cyfrinach eu llunio wedi colli ar ôl i'r hen lwyth ddarfod.

'Mi fydd y Major mewn dŵr poeth rŵan, gei di weld,' meddwn wrth Williams pan adroddodd hwnnw hanes yr hyn oedd wedi digwydd wrthyf. 'Fel y gwelson ni yn Impoi, mae rhai o'r Nagas yn falch o'u perthynas â'r hen Asiemi, ac mi fyddan yn teimlo sarhad personol o golli'r mwclis.'

Dangosodd y Major y mwclis i'w bennaeth. Roedd y Cyrnol yn llawn diddordeb. Wrth weld hynny, rhoes Wilkins un gadwyn iddo a chadw'r llall ei hun. Pan welais hynny bûm mor ffôl ag ymyrryd, â rhybuddio'r ddau fod cysegredigrwydd arbennig yn perthyn i'r mwclis *deo-moni* yn nhyb y Nagas a bod rhai o'r Nagas a'r Cwcis hefyd yn credu fod y mwclis yn meddu cyneddfau hud.

'Paid â bod mor hygoelus!' gwawdiodd Wilkins. 'Nid Cymry ydan ni'n dau, i gael ein rheibio â swyn!'

'Ydach chi wedi anghofio'r tlysau roedd yr hen wreigan yn eu gwerthu yn y gwersyll 'ma?' gofynnais innau. 'Mi faswn yn disgwyl eich bod chi wedi dysgu gwers bellach, Major, bod pethau'n digwydd ar y Bryniau hyn na fedrwn ni bobl y Gorllewin mo'u hesbonio.'

'Beth ydi hyn am dlysau?' gofynnodd y Cyrnol.

Eglurodd y Major wrtho, gan roi ei liw ei hun ar yr hanes.

'Nifer o'm Sikhiaid i gafodd eu twyllo i brynu swyn gan hen wraig yn y gwersyll 'ma yn Hangrum,' meddai. 'Ac am fod rhai ohonyn nhw wedi marw ar ôl prynu'r swynion, roedd pobl ofergoelus yn meddwl fod cysylltiad rhwng y ddau beth.'

'Nid rhai ohonyn nhw, pawb ohonyn nhw, Major,' cywirais ef. 'Mi fuon nhw i gyd farw ar ôl prynu'r swynion!'

'Ddaru chi gael un o'r tlysau, Lefftenant?' gofynnodd Wilkins.

'Do,' meddwn innau, 'ond ei gael, nid ei brynu a wnes i.'

'Efallai hynny, ond pa wahaniaeth mae hynny'n ei wneud? Rydach chi'n aelod o'r fyddin fel y Sikhiaid, ac fe gawsoch un o'r tlysau fel hwythau, ond rydach chi'n dal yn fyw. Mae'n amlwg felly nad oedd meddu un o'r tlysau yn dwyn marwolaeth yn ei sgil.'

Bernais mai gwell oedd imi adael y ddadl ble'r oedd hi. Ond pan gefais gyfle ar y Cyrnol ar ei ben ei hun, eglurais wrtho gefndir y mwclis *deo-moni*.

'Mae'r llwyth oedd yn eu gwneud wedi darfod,' meddwn 'ac eithrio bod gwaed rhai o aelodau'r hen lwyth Asiemi wedi cymysgu â gwaed rhai o'r teuluoedd Naga. Math o wydr caled ydi'r mwclis yna. Does neb a ŵyr sut roeddan nhw'n cael eu paratoi, dim ond fod y broses yn golygu gwres tanbaid iawn a bod math arbennig o fambŵ'n cael ei ddefnyddio fel rhan o'r broses.

Roedd y Cacharis, hen lwyth brenhinol y wlad yma, mor eiddgar i wybod cyfrinach gwneud y mwclis nes iddyn nhw ddirdynnu'r rhai olaf o'r Asiemi i wybod y gyfrinach, trwy osod pair gwynias am eu pennau. Ond fe fu farw'r olaf o'r rhain heb fradychu'r gyfrinach. Mae'r mwclis yn hynod o brin ac yn rhan o drysor teuluol rhai o ddisgynyddion yr Asiemi, felly mae ganddyn nhw arwyddocâd neilltuol i'r rheini. Faswn i ddim yn 'u cadw nhw, petawn i'n chi, Cyrnol.'

Chwarae teg i'r Cyrnol! Fe wrandawodd ar fy ngeiriau,

ac o barch i goelion y Nagas, nid am fod ganddo gred yng ngrym y mwclis, gofynnodd i mi roi ei gadwyn mwclis ef yn ôl i'w pherchennog.

'Fy ordors i pan ddois i'r Bryniau,' meddai, 'oedd gwneud fy ngorau i dawelu'r storm yma a cheisio gwneud cymod. Wrth gwrs rhaid cosbi arweinwyr y gwrthryfel, ond wela i ddim pwynt mewn creu mwy o achos cynnen nag sydd raid.'

Yn anffodus doedd o ddim yn teimlo fod ganddo reswm digonol dros orchymyn i Wilkins roi'i fwclis *deo-moni* yntau'n ôl.

'Rhyngddo fo a'i gydwybod am hynny,' meddai.

Gan ein bod ni, y Cyrnol a minnau'n bresennol yn Hangrum, penderfynodd Major Wilkins fynd â'i Sikhiaid ar grwydr hyd y Barail, mewn ymgais arall i ddal Gaidilŵ. Sylwais mai i gyfeiriad Nenglo yr aethant. Amheuwn mai am Kepeloa roeddent yn anelu eto. Gelwais yn y tŷ ar waelod y clogwyn gyda'r nos y diwrnod hwnnw. Roedd Isamle gartref, ac yn fawr ei chroeso i Williams a minnau fel arfer.

'Lwc i'r Cyrnol *Sahib* ei fod wedi rhoi'r mwclis yn ôl,' meddai pan roddais gadwyn mwclis y Cyrnol iddi i'w throslwyddo i'w pherchennog. 'Mi gaiff osgoi'r felltith sydd ar y mwclis. Ond am y Major *Sahib*, mae'i dynged o wedi'i setlo. Fydd na ddim dianc iddo fo!'

Er i mi bwyso arni, doedd hi ddim yn barod i esbonio'i geiriau.

'Rhaid i chi aros,' meddai, 'i weld beth fydd yn digwydd. Mae'n amheus iawn gen i a welwch chi'r Major *Sahib* yn fyw eto.'

Aeth ias trwof wrth glywed ei geiriau. Hoffwn i ddim bod yn 'sgidiau Wilkins!

Adroddais wrthi eiriau'r Cyrnol, ei fod wedi dod i 'dawelu'r storm'.

'*Mpeumi î lei* (Mae o'n ddyn da),' meddai yn yr iaith Zeme, 'ond fedr o ddim rhwystro rhagor o dorcalon rhag dod i deuluoedd y Bryniau hyn cyn i'r helynt yma ddod i ben. Mae'r rhyfel wedi costio'n ddrud i'n pobl ni'n barod; mae blodau'n hieuenctid ni wedi'u torri i lawr a'n da ni wedi'i ladrata gan y fyddin a'n pentrefi ni wedi cael eu llosgi dro ar ôl tro. Ond mae'n rhaid dial! Ac mae Gaidilŵ'n siŵr o ddial yn llawn ar y sawl sy'n gwneud cam â'i phobl.'

A chyda llaw oer ar ein calonnau yr aeth Williams a minnau'n ôl i'r barics y noson honno. Fel y dywedodd Williams:

'Mae gwae yn y gwynt heno, Dafydd.' Roedd hi'n noson loergan leuad braf a'r *cicadas* yn trydar eu gorau yn y llwyni bambŵ islaw inni, a phlu o gymylau gwyn yn nofio'r awyr las uwchben. Ond roedd gennyf innau deimlad llethol fod storm yn dod a'n bod yn nesáu at bennod olaf ein hanturiaeth ar Fryniau'r Barail.

Fore trannoeth, prin yr oedd yr haul wedi codi pan ganodd biwgl i alw'r milwyr ynghyd. Rhuthrais allan o'r barics ar hanner gwisgo, a dyna lle'r oedd y Cyrnol a Williams ar y sgwâr wrthi'n ceisio gwneud synnwyr o'r hyn yr oedd nifer o Sikhiaid hanner-pan yn geisio'i ddweud wrthyn nhw. Roedd golwg fawr ar y *sepoys*; roedden nhw i gyd wedi colli eu tyrbanau ac roedd eu lifrai yn rhacs a gwaedlyd.

'Beth ar y ddaear sydd wedi digwydd i'r rhain?' gofynnais i'r Cyrnol.

'Mae'n anodd dweud yn hollol,' oedd ei ateb. 'Dydyn nhw'n gwneud fawr iawn o synnwyr. Maen nhw'n rwdlan am ryw arth gawraidd! Roeddan nhw gyda'r Major ar ei gyrch i'r Gogledd, a'u stori nhw ydi bod yr arth wedi dod o'r jyngl a sefyll ar ei thraed ôl o'u blaen ar y llwybr rhwng Hangrum a Nenglo, ac wedi gwneud llanast ohonyn nhw. Roedd hi mor fawr, roedd hi o leiaf ddwy waith cyn daled â dyn cyffredin ac roedd ei phawennau hi gymaint â phen dyn. Dyna'r lle oedd hi'n dyrnu dynion a'i phawennau ac wedyn yn gafael ynddyn nhw gerfydd eu pennau a gwasgu'u pennau nhw rhwng ei dwy bawen, yn union fel gwasgu wy! Fe laddwyd nifer ohonyn nhw ac fe ffodd y gweddill mewn panic. Fe saethon nhw at yr arth dro ar ôl tro ond doedd y bwledi'n cael dim effaith arni hi, dim ond yn ei chynddeiriogi hi ymhellach.'

'Beth am y Major?' gofynnais.

'Dyna sy'n rhyfedd. Yn ôl y dynion yma, unwaith yr oedd hi wedi cael gafael ar Wilkins, fe aeth yr arth i ffwrdd i'r goedwig gan ei gludo fo efo hi. Roedd yr arth mor fawr, yn ôl Anil Singh fan yma, nes bod y Major yn edrych yn union fel doli fach yn ei breichiau hi. Mae'n rhaid inni weithredu ar unwaith i geisio achub y Major. Does dim llawer o obaith ei gael o'n fyw, ond rhaid inni fynd i chwilio amdano rhag ofn nad ydi'r arth ddim wedi ei ladd, dim ond ei archolli. Wnewch chi, Jones, a'ch Sarjant, a rhai o'r Gwrcas fynd i chwilio amdano fo?'

I ffwrdd â ni heb hyd yn oed aros i gael pryd, dim ond llenwi cantîn o ddŵr yr un, a bachu tamaid o dorth i'w bwyta ar y ffordd. Erbyn i ni nesáu at y fan lle'r oedd yr arth wedi cyfarfod â Wilkins a'i wŷr, roedd hi'n llawn olau dydd. Roedd hi'n amlwg ddigon fod cythrwfl wedi bod yno, bwledi wedi ysgrythu'r coed ac olion creadur anferthol o bwysau wedi bod yn mathru'r tyfiant o gwmpas y llwybr. Roedd ei ôl yn glir yn sathru ei ffordd oddi yno trwy'r bambŵ. Aethom ninnau i mewn i'r drysi gan ddilyn trywydd y creadur anferth.

'Dydw i erioed wedi gweld ôl traed arth mor fawr â hyn o'r blaen,' meddai Williams. Doedd dim amser i sefyll a mesur maint yr olion, ond roedden nhw'n hanner llath o hyd o leiaf. Yr hyn oedd yn fy synnu i oedd y ffaith nad oedd dim ôl gwaed ar y llwybr.

'Does bosib na lwyddodd y Sikhiaid i daro'r arth unwaith o leia â'u bwledi,' meddwn. 'Ond ble mae'r gwaed?'

Ysgwyd ei ben mewn penbleth a wnaeth Williams a dweud:

'Mae'r Gwrcas yn dweud yn barod mai gwaith Gaidilŵ ydi hyn. A wir, rydw i'n tueddu i gydsynio â nhw. Mae'r ôl traed 'ma'n gwneud i mi feddwl am luniau welais i o ôl traed y dyn *neanderthal*, yr hen gawr oedd yn rhagflaenu'n hil ni ar y ddaear 'ma.'

Mewn byr o dro, roeddem ni mewn trwch o fambŵ, a'r tir yn mynd yn serthach, serthach. Ond medrem deithio'n weddol rwydd am fod yr arth wedi agor ffordd iddi'i hun ac i ninnau trwy'r drysi. Yn sydyn dyma ddod at lecyn agored lle'r oedd rhai o'r coed tal a geir yn sefyll yng nghanol y jyngl weithiau. Roeddwn i ar fin mynd yn fy mlaen trwy'r llain agored pan alwodd Ram fy sylw at rywbeth oedd ynglŷn wrth gainc yn uchel i fyny ar un o'r coed tal.

'Corff y Major *Sahib* ydi hwnna'n bendant,' meddai'r Gwrca. Roedd y corff, os mai dyn ydoedd, tua deugain llath o'r ddaear. Dringodd dau o'r Gwrcas i fyny ato. Ie'n wir, corff Wilkins oedd yno.

'Mae'r gainc reit trwy'i gorff o,' gwaeddodd un o'r Gwrcas a oedd wedi dringo ato. 'Fedrwn ni byth ei gael o i lawr heb dorri'r gainc yn glir oddi wrth y pren.'

Gwnaed hynny, ac ymhen hir a hwyr cafwyd corff marw'r Major i lawr ar droed y goeden.

'Mae o'n teimlo'n union fel doli glwt,' sylwodd un o'r Gwrcas oedd wedi dod â'r corff i lawr. 'Dim un asgwrn yn gyfan, ddwedwn i! Mae'n rhaid fod yr arth wedi'i wasgu o'n shwtrws.'

Roedd y peth tu hwnt i ddirnadaeth! Pa greadur fedrai nid yn unig wasgu dyn yn y fath fodd, ond ei osod ar gangen, fel dilledyn ar hoel, gyda chymaint grym nes bod blaen y gangen drwchus wedi treiddio trwy'i gorff a dod allan yr ochr arall! Ac ar ben y cyfan gwneud hynny ddeugain llath i fyny'r goeden!

'Mae Gaidilŵ wedi llwyddo i ddial ar y Major yn siŵr ddigon,' oedd sylw Williams pan welodd gyflwr y corff. 'Er nad oeddwn i'n hoff iawn o'r Major, fel y gwyddost ti,

Dafydd, faswn i ddim wedi dymuno marwolaeth mor erchyll â hyn iddo fo, chwaith!'

Doedd y Gwrcas ddim yn eiddgar i ddilyn trywydd yr arth ymhellach, mi welwn. Felly gorchmynnais iddynt aros lle'r oeddynt i warchod y corff, tra byddai Williams a minnau'n mynd ymlaen.

Peth hawdd oedd dilyn y llwybr yr oedd y creadur anferth wedi ei fathru trwy'r llwyni a'r drysi. Ar ôl hanner awr o gerdded daeth Williams a minnau at ddibyn erch lle'r oedd disgynfa o fil o droedfeddi i lawr i'r afon. Darfyddai trywydd yr arth ar fin y dibyn, fel petai hi wedi codi a hedfan o'r fan! Roedd y peth yn anhygoel; mae'n siŵr na fyddai'r Cyrnol, na neb arall o ran hynny, yn barod i gredu'n stori pan ddychwelem. Doedd dim pwrpas mynd ymhellach, hyd yn oed pe baem yn medru dringo i lawr y dibyn.

Dim ond un peth a gawsom wrth ddilyn trywydd yr arth; ar gainc yn hongian uwchlaw'r dibyn roedd cadwyn o fwclis *deo moni!*

10

Pan ddaethom yn ôl i Hangrum ac adrodd ein hanes wrth y Cyrnol, prin yr oedd yn ein credu. Holodd rai o'r Gwrcas yn fanwl yn ogystal â Williams a minnau, i geisio rhyw rithyn o esboniad ar yr hyn oedd wedi digwydd.

'Mi wn i ein bod yn delio â phobl gyntefig, a bod rhai pethau'n hysbys iddyn nhw na ddaeth i ddirnadaeth meddwl gwyddonol y Gorllewin,' meddai, 'ond mae gofyn i mi gredu mewn arth gawraidd sy'n medru diflannu ar erchwyn dibyn a hongian mwclis ar gangen o bwrpas— cerdyn-galw fel petai—tu hwnt i hygoeledd Celt hyd yn oed!'

'Na, chewch chi ddim lle iachach na hwn yn unman ar y Barail,' oedd yr ateb. 'Wedi bod i lawr ar y Gwastadedd mae'r hen ddyn; yno y cododd o'r cryd.'

Rhoddais dipyn o bowdwr cwinîn iddo a'i gynghori i gadw'n gynnes. Gwyddwn fod math arbennig o ffyrnig o'r salwch i'w gael ar y Barail mewn ambell gilfach isel, math oedd yn lladd o fewn ychydig oriau os na cheid moddion i'w drin.

Roedd y Gwrcas a minnau wedi blino ar ôl y daith a doedd dim hwyl sgwrsio heb yr hen bennaeth. Mynd i glwydo'n fuan oedd piau hi, a gadael i'r Cwcis gynnal eu gwyliadwriaeth arferol rhag ymosodiad yn y nos.

Rywle tua thri o'r gloch y bore, pan oedd pawb ohonom ond y gwylwyr mewn trwmgwsg, dyma waedd bod y Nagas yn ymosod ar y pentref. Cyn inni fedru deall beth oedd yn digwydd bron, roedd gwaywffyn yn hedfan trwy'r lle a bloeddio ac udo'r Nagas yn gyrru dŵr oer i lawr ein cefnau. Roedd y lle'n dywyll bron, a dim ond golau gwan o farwor isel y tân yn rhoi cefndir i'r cyrff oedd yn ymrwyfo ar y lloriau. Cefais fy hun yng ngafael Naga cyhyrog a sawr garlleg yn gryf ar ei wynt.

'Dydi Ilangle ddim yma heddiw i d'amddiffyn di, ddyn gwyn,' meddai'r dyn gan geisio fy nhagu. Gwyddwn yn syth mai Getumseibe oedd yno, yn ceisio darfod y gwaith roedd o wedi ei ddechrau yn yr ogof.

Roedd o'n llwyddo hefyd. Roeddwn i wedi cael fy nal yn annisgwyl a minnau heb ddeffro'n iawn. Teimlwn y dwylo'n cau'n dynnach dynnach am fy ngwddf a niwl yn cau amdanaf. Pan ddeuthum ataf fy hun roedd hi'n olau dydd a minnau'n gorwedd ar y llawr a Ram yn plygu drosof.

'Beth ddigwyddodd imi?' gofynnais iddo. 'Rydw i'n cofio'r Naga Getumseibe yn fy nhagu i, a dyna'r cwbwl.'

'Wyddon ni ddim beth ddigwyddodd i chi, *Sahib*,' atebodd yntau. 'Roedd gynnon ni ddigon i'w wneud i'n hachub ein hunain. Mi fu hi'n sgarmes ffyrnig am

'Wel, beth ydi'ch eglurhad chi ar y ffordd y mae pob asgwrn yng nghorff Wilkins wedi'i dorri?' gofynnais innau.

'Does gen i ddim eglurhad ar y foment,' oedd yr ateb, 'ond hwyrach y down ni o hyd i ateb reit resymol gydag amser. Wedi'r cyfan, mae llawer dull a modd o falu esgyrn heb dynnu'r goruwchnaturiol i mewn fel esboniad.'

Claddwyd corff Major Wilkins ar ochr y llwybr ychydig y tu allan i giât fawr Hangrum, ar ôl i feddyg y fyddin ei archwilio'n fanwl, ond heb fedru rhoi unrhyw esboniad amgen nag a roesom ni ar achos ei farwolaeth a chyflwr y corff.

Caem fwy o gwmni Delaney o lawer nag a gaem o gwmni Wilkins. Roedd o'n bwyta yn y *mess* Ewropeaidd gyda'r gweddill ohonom yn rheolaidd. Mynnai Wilkins gadw iddo'i hun a bwyta ar wahân; doedd o ddim yn greadur cymdeithasol. Wrth gwrs dim ond dyrnaid ohonom ni'r swyddogion oedd yn Hangrum ar unrhyw amser penodol; byddai'r gweddill allan ymhlith y pentrefi'n ceisio cadw'r heddwch. Rhyfel od oedd hwn. Fe allai'r fyddin yn hawdd fod wedi dod â digon o luoedd arfog i mewn i'r Barail Uchel i orfodi'r Nagas i ildio ond yn hytrach na hynny gosodwyd digon o filwyr yn y cylch i rwystro'r gwrthryfel rhag bod yn wir effeithiol; dim ond digon i ofalu nad oedd y Nagas yn medru mathru'u cymdogion, y Cwcis, yn llwyr. Yr *herangme,* y gwŷr ieuainc, oedd yn rhyfela gan mwyaf. Hyd yn oed ar adeg heddwch, roedd gan bob pentref ei fyddin, criw o lanciau ifainc a oedd yn byw yn yr *hangseuki* ac yn cael eu cadw gan y pentref. Doedd neb yn disgwyl iddyn nhw wneud dim gwaith; treulient eu hamser yn pysgota a hela, ac yn cadw'n heini trwy ymarfer â gwaywffyn ac ymaflyd codwm ac ati. Eu teuluoedd, yn enwedig y merched, oedd yn trin y tir ac yn casglu tanwydd ac yn y blaen. Gwaith yr *herangme* oedd bod wrth law o hyd i ymladd pe bai gelyn yn ymosod ar y pentref. Wrth gwrs, adeg rhyfel roedd y merched ifainc hefyd yn

106

tueddu i ymuno â'u brodyr a'u cariadon yn yr ymrafael. Hyd yn hyn doedd aelodau'r fyddin ddim wedi dod wyneb yn wyneb â mintai o'r bobl ifainc hyn; yr unig beth a wnaethant oedd lladd rhai o'r llanciau ar yr adegau prin pan oedd y Cwcis wedi llwyddo i hysbysu'r fyddin ynghylch eu symudiadau. Fel rheol, byddai'r Nagas wedi dianc i gilfachau'r mynyddoedd cyn i'r fyddin ddod ar eu cyfyl.

Cytunodd y Cyrnol â mi mai gwell oedd mynd â'r mwclis a gawsem yn hongian uwch y dibyn i Isamle, i'w rhoi yn ôl i'w perchennog. Mi biciais i lawr i waelod y pentref i'w rhoi iddi.

'Roeddwn i'n eich disgwyl,' meddai. 'Mae Gaidilŵ wedi dial ar ei gelyn o'r diwedd!' Pan geisiais esboniad ganddi ar yr hyn oedd wedi digwydd, y cwbl a ddywedai oedd mai *hegum*, sef arth arbennig iawn, oedd yr un a fu'n gyfrifol am ladd Wilkins. 'Does dim ond un o'r rhyw-ogaeth yna o eirth yn bod!' meddai. 'Mae na greaduriaid unigryw eraill yn y Barail Uchel; *makau* (teigr) sy'n cerdded ar ddeudroed, a *henei* (blaidd) sy'n gallu brathu trwy furiau tŷ, a hyd yn oed *hezua* (mwnci) sy'n medru siarad! Hwyrach y dowch chi ar eu traws nhw ryw ddydd! Gyda llaw, mi fyddai'n syniad da i chi a Williams *Sahib* fynd ar ymweliad â Kepeloa. Rydw i'n siŵr yr hoffai perchnogion y mwclis ddiolch i chi'n bersonol am eu dychwelyd. Yn y cyfamser mae gen i anrheg i chi oddi wrth Ilangle.' Ac ar y gair daeth â llestr bambŵ mawr imi â'i lond o fêl. 'Cymerwch o a mwynhewch o,' meddai. 'Mi ddaw â breuddwydion melys i chi.'

Roedd y mêl yn hyfryd, ac aroglau blodau'r tir uchel arno fo; roedd o'n amheuthun ar fara caled y fyddin! Ac fe ddaeth â breuddwydion melys i Williams a minnau.

'Llithro i lawr afon lefn ar flodyn lotws y bûm i trwy'r nos,' meddai Williams fore trannoeth.

'A finnau ym mreichiau Ilangle trwy'r nos,' meddwn innau. 'Mae'n rhaid bod cyffur yn y mêl!'

'Cyffur neu beidio, roedd o'n werth ei gael!' oedd yr ateb. 'Mi wn rŵan sut mae'r bois 'ma sy'n smocio opiwm yn teimlo ar ôl cael catiad!'

Ddywedais i ddim wrth Williams fod Ilangle yn y freuddwyd wedi f'arwain i grombil hen fynydd mwya'r Barail, y *Kachingpeu-ki*, lle'r oedd duwiau hen y Zeme'n trigo. Yno roedd pump o greaduriaid rhyfedd yn ein cyfarch, bod un a phen anifail ganddo. Ni allwn i yn fy myw beidio â meddwl am Lyfr y Datguddiad!

Daeth cyfle inni fynd i Kepeloa yn fuan. Roedd rhywrai wedi cynnal cyrch ar bentref Cwci Leike, a oedd tu hwnt i Kepeloa, a mynnai'r Cyrnol gael gwybod a oedd a wnelo pobl Kepeloa a Tingje, pentref Naga arall cyfagos, â'r peth. Roedd Leike yn bwysig i'r fyddin am fod ei bennaeth yn aml yn gyrru gwybodaeth i'r fyddin am symudiadau'r Nagas. Fy ngorchwyl i oedd mynd i Kepeloa i holi'r bobl yno, ac yn Tingje, a hefyd i Leike i ddangos i'r Cwcis ein bod yn dal i'w cefnogi yn eu hymrafael â'r Nagas. Fe fyddai'n ddyrnod i'r fyddin pe pallai'r ffrwd o wybodaeth am symudiadau'r Nagas yn y cylch a roddid inni gan y Cwcis.

Teimlwn mai anodd oedd cadw'r ddesgl yn wastad rhwng y Nagas a'r Cwcis. Roeddwn i'n edmygu'r ddau lwyth ac yn dymuno llwyddiant y ddau fel ei gilydd. Ond rhennid fy nheyrngarwch. Fel swyddog yn y fyddin, i'r fyddin y dylasai fy nheyrngarwch pennaf fod. Ond roedd fy serch at Ilangle wedi fy ngosod mewn tir canol yn y cweryl oedd yn rhwygo'r Bryniau. Wyddwn i ddim o ddydd i ddydd ble roeddwn i'n sefyll. Doedd dim amdani, ond imi geisio lles pob ochr fel y gwelwn y sefyllfa'n datblygu. Weithiau teimlwn nad oedd Williams a minnau'n ddim ond gwerin-gwyddbwyll, yn cael ein symud gan law Gaidilŵ yn y gêm oedd yn cael ei chwarae yn y Barail Uchel.

Dyma gychwyn am Kepeloa yn gynnar yn y bore. Medrem weld Bryniau Manipur, a thros ben y rheini fynyddoedd Burma'n codi don ar ôl ton megis i'r dwyrain inni am bellteroedd wrth inni gerdded y grib ar ôl gadael Hangrum.

'Synnwn i ddim nad ydan ni'n medru gweld cyn belled â chan milltir y bore 'ma,' meddai Williams. 'Anamal iawn mae hi'n ddigon clir i weld trum ar ôl trum fel hyn.'

Cyn inni fynd hanner y ffordd o Laisong i Kepeloa daethom wyneb yn wyneb â dau ddyn o Kepeloa oedd wedi dod i'n cyfarfod.

'Wedi dod i'ch arwain chi i'n pentre ni rydan ni,' meddent.

'Sut roeddach chi'n gwybod ein bod ni'n dod i'ch pentre chi?' gofynnais . 'Doeddan ni ddim yn gwybod ein hunain ein bod ni'n dod tan ddoe!'

'Does dim yn gudd rhag Gaidilŵ,' oedd yr ateb.

Ryw ddwy filltir o'r pentref clywsom sŵn siant debyg iawn i'r hyn a glywswn yn yr ogof, pan ddychwelodd y llanciau ar ôl eu cyrch buddugoliaethus ar y Sikhiaid. Daeth mintai gref o ddynion Naga i'r golwg. Er fy syndod, roedden nhw'n cludo clamp o sarff fawr ar eu hysgwyddau. Cariai tua phedwar ar ddeg o wŷr cyhyrog faich y sarff. Doedd dim angen ail olwg i mi ganfod mai peithon oedd y sarff, ac roedd hi'n un hir, yn chwe troedfedd ar hugain o hyd o leiaf.

'Ble cawsoch chi afael ar hon?' gofynnais iddynt.

'Mewn *nullah* ar ffin Manipur,' oedd yr ateb, 'Lodigwmbe 'ma (gan bwyntio at un o'r cwmni) gafodd hyd iddi'n cysgu yn y drysi.'

'Gawsoch chi drafferth i'w lladd hi?'

'Ei lladd hi? Dydi hi ddim wedi'i lladd! Cysgu y mae hi. Y cwbwl wnaethon ni oedd ei sythu hi i'w gwneud hi'n haws i'w chario.'

'Be 'dach chi'n mynd i'w wneud â hi?'

'Mi gewch chi weld yn yr *hangseuki* heno.'

'Mi glywais ddweud,' meddai Williams, 'fod peithon yn llesg iawn ar ôl iddi hi gael llond ei bol o fwyd. Ac maen nhw'n medru bwyta pryd cawraidd. Dydi o'n ddim iddyn nhw lyncu gafr gyfan, ac wedyn dyna lle byddan nhw'n cysgu nes treulio'r creadur truan! Dipyn o gamp oedd ffeindio hon yn ei chyflwr diymadferth hefyd! Fel rheol, mae'r peithon yn chwilio am le anghysbell, ac yn turio o dan bentwr o ddail a bregliach i fynd i gysgu, achos mae hi mwy neu lai'n ddiamddiffyn bryd hynny.'

Roedd yr holl bentref allan i'n croesawu ar lawnt Kepeloa. Arweiniwyd Williams a minnau i'r *hangseuki* a thywyswyd y dyrnaid Gwrcas oedd yn osgordd inni at dŷ ar gwr y pentref, lle byddent hwy'n aros. Ymhen chwinciad, roedd mwg bambŵ llawn o *hezau* wrth ein penelin a'r paratoadau'n mynd rhagddynt ar gyfer dathlu'n dyfodiad. Cymerodd offeiriad y pentref afael yn y peithon a chydag un ergyd torri'r pen i ffwrdd â'i *dao* miniog. Yna torrwyd y corff i gyd yn ddarnau a'u dodi mewn crochan mawr i ferwi ar le tân yr *hangseuki*. Roedd Williams yn siomedig o'i weld yn torri'r croen gyda chnawd y peithon; roedd o wedi hanner gobeithio cael y croen i'w drin a'i anfon adref i Gymru. Ond aeth y croen a'r cwbl i mewn i'r crochan. Esboniodd y pennaeth inni bod defod gyfrin iawn ar fin digwydd:

'Mi fyddwn ni'r dynion yn bwyta cig y peithon ar ôl i'r offeiriad ymddiheuro i ysbryd y peithon am ei ladd. Mi fydd bwyta'i chig hi'n ein huno ni ag ysbryd y peithon. Mae'n un o ysbrydion ein hynafiaid, ac mae bwyta cig y peithon yn ein huniaethu ni â'n hynafiaid. Heno, rydan ni am eich gwahodd chi'ch dau i fwyta cig y peithon gyda ni. Mi fyddwch wedyn yn un â ni ac â'n hynafiaid, yn aelodau o lwyth y Zeme, ac fe geidw'r *heca* (y peithon) chi'n sâff rhag yr *heruisiabe* (yr ysbryd drwg).'

'Ond dydi ysbryd y peithon ddim yn dial arnoch chi am ladd y peithon?' gofynnais.

'Choelia i fawr!' oedd yr ateb. 'Dim ond dros dro y mae'r peithon yn marw. Mi fydd yn fyw eto fory.'

Doedd gan Williams a minnau ddim dewis ond bwyta

cig y peithon gyda gwŷr Kepeloa. Fe fyddai'n sarhad o'r mwyaf petaen ni wedi gwrthod gwneud hynny. Ac yn wir ar ôl y blas cyntaf roeddem ni'n ddigon bodlon i'w fwyta. Roedd y cig yn hyfryd-rywbeth tebyg i gig cyw iâr. A rhwng y llwyth o gig a'r *hezau* fe gysgodd y ddau ohonom fel pathewod ar y fainc o flaen y tân yn nhŷ'r dynion.

Fore trannoeth, deffrowyd fi gan law y pennaeth ar fy ysgwydd.

'*Adage wang lau* (Dowch efo fi),' meddai. Arweiniodd fi at ddrws yr *hangseuki*. Yno'n torchi yn y llwch o flaen y drws roedd anferth o beithon fawr. Roedd hi'n edrych yn debyg i'r peithon a laddwyd y noson cynt. Sicrhai'r pennaeth fi mai'r un un oedd hi! Ond câi Williams a minnau drafferth i gredu hynny! Ond pam fuasai'r peithon yn gadael ei lloches yn y drysi i ddod i blith dynion dros dir agored i dorchi wrth ddrws yr *hangseuki* fel petai hi'n neidr ddof? Roedd yn anodd esbonio'r peth. A sut roedd y Nagas, oedd yn medru adnabod creaduriaid gwyllt unigol cystal ag y mae bugail yng Nghymru'n medru adnabod dafad unigol, yn fodlon credu mai'r un oedd hi â'r peithon a oedd wedi'i lladd y noson cynt?

Gafaelwyd yn y sarff gan yr *herangme* a'i chodi ar eu hysgwyddau a mynd a hi'n ôl i'r drysi lle cafwyd y peithon y diwrnod cynt.

Roedd Williams yn amau mai cymar y peithon a laddwyd, ac mai wedi dod i chwilio am honno, yr oedd y peithon a ddaethai at ddrws yr *hangseuki*.

'Mae'n anodd gen i gredu hynny,' meddwn innau. 'Mae'n haws gen i gredu fod rhywun yn taflu llwch i'n llygaid ni a hwyrach i lygaid y Nagas hefyd! Hwyrach fod yr offeiriaid yn medru plannu syniadau yn y meddwl, fel mae Ilangle'n gallu gwneud.'

P'run bynnag, doeddem ni ronyn elwach o drafod y peth; y peth gorau oedd rhoi'r digwyddiad hwn hefyd ymhlith rhestr y pethau oedd yn ddirgelwch llwyr i ni—

rhestr oedd yn mynd yn hwy o ddydd i ddydd tra oeddem yn aros yn y Barail Uchel!

'Beth bynnag am y peithon, mae'r hyn a ddigwyddodd neithiwr yn ein gosod ni mewn lle cas,' meddwn wrth Williams. 'Rydan ni'n awr yn cael ein cyfrif gan y Nagas yn aelodau llawn o'u llwyth. Fedrwn ni ddim yn hawdd wneud dim yn erbyn y Nagas o hyn ymlaen. Ac os clywith y Cwcis am hyn, fe all newid eu hagwedd nhw tuag aton ni'n dau. Mi fydd hynny'n golled fawr i ni; maen nhw wedi bod yn reit gyfeillgar hyd yn hyn.'

'Rydw i'n gweld rŵan,' meddai yntau, 'pam roedd Isamle mor eiddgar inni ymweld â Kepeloa! Mae hi wedi'n clymu ni'n dynnach wrth ei phobl. Mae honna, pwy bynnag ydi hi, yn gweld ymhell.'

'Ac eto,' meddwn, 'mae'n anrhydedd yn eu golwg nhw i gael perthyn i'w llwyth nhw. Mi fedra i'n hawdd feddwl eu bod nhw'n synio bod hyn yn wobr addas am drefnu i gael y mwclis yn ôl. Serch hynny dwn i ddim ai cyfrwystra Gaidilŵ drefnodd hyn ai peidio.'

Fel roeddwn i'n ofni, arweiniodd 'gwledd y peithon'— fel y galwai Williams yr amgylchiad—ni i sefyllfa ddiflas. Newydd ddychwelyd yr oeddem o Kepeloa i Hangrum, a hynny heb ddim gwybodaeth ychwanegol am y cyrchoedd ar y Cwcis, ac yn rhoi ein gêr i lawr i lyncu paned, pan ddaeth gwŷs oddi wrth y Cyrnol i fynd i'w weld.

'Beth ydi hyn rydw i'n glywed amdanoch chi, Lefftenant,' meddai, 'chi a'ch Sarjant? Mae'r Cwcis yn dweud eich bod chi'ch dau wedi cael eich derbyn yn aelodau llawn o lwyth y Nagas mewn rhyw seremoni baganaidd yn Kepeloa. Ydi hyn yn wir?'

'Ydi, mae o'n wir,' atebais innau, 'ond gadewch i mi'ch sicrhau chi, syr, nad oedd Williams a minnau'n llawn ymwybodol o'r hyn oedd yn digwydd. I ni, defod i'n gwneud yn aelodau anrhydeddus o gymdeithas y pentre am ein bod ni wedi adfer y mwclis yn ôl i'w pherchennog oedd y seremoni a dim mwy. Mae'n amlwg fod y Cwcis,

112

a'r Nagas eu hunain hwyrach yn rhoi ystyr ddyfnach o lawer i'r hyn a ddigwyddodd. Mae'n wir ddrwg gen i, syr. Hwyrach fod Williams a minnau wedi bod yn rhy ddiniwed—wedi methu â gweld y peth trwy lygaid y brodorion.'

'Diolch i chi am fod mor agored ynglŷn â'r peth, Lefftenant. Rhaid imi ddweud eich bod chi wedi bod yn esgeulus iawn. Efo'ch gwybodaeth chi o arferion y llwythau, fe ddylech fod wedi sylweddoli beth oedd yn digwydd a beth fyddai'r canlyniadau. Roeddach chi'n barod iawn i gondemnio Wilkins druan am nad oedd o ddim yn gwybod beth oedd arwyddocâd y pen ci, a dyma chithau, mewn ffordd o siarad, wedi syrthio i'r un fagl. Rydach chi'n sylweddoli, mae'n siŵr, eich bod chi'n fy ngosod i mewn lle cas. Mi ddylwn eich gyrru chi a'ch Sarjant o'r Bryniau 'ma i wasanaethu mewn rhan arall o India. Ond a chofio am eich gwybodaeth chi o'r iaith Zeme a'ch perthynas chi â'r Nagas, fedra i ddim llai na meddwl y gallech chi fod yn ddefnyddiol inni eto yn y rhan hon o'r byd. Felly rydw i am eich symud chi i'r rhan o'r Bryniau sydd ar bwys y Gwastadedd, a'ch gosod chi ar Ardd De Baladon. Hwyrach y medrwch chi rwystro'r Nagas rhag gwneud cyrchoedd at y Gerddi Te. Fel y gwyddoch chi, does dim ond un pentre Cwci o bwys yn y rhan honno o'r Bryniau, Dipusorra, a math gwahanol o Cwci, pobl o lwyth y Hmar, sy'n byw fan honno. Does gan y Nagas fawr o gweryl gyda nhw, felly fyddwch chi ddim yn dramgwydd i'r Cwcis yn y cylch hwnnw. Dyma'ch cyfle ola' chi! Rydw i'n eich rhybuddio chi, os na fydd y cyrchoedd ar y Gerddi Te yn peidio, dyna ddiwedd eich hynt chi yn y rhan yma o'r wlad.'

11

Doedd Williams a minnau ddim yn rhy falch o gael ein symud i fyw ar ardd De yn y Gwastadedd. Yn un peth roedd hi'n enbydus o boeth wrth droed y Bryniau, ac roedd hi wedi bod yn hyfryd cael byw cyhyd yn hinsawdd gymharol oer y Barail Uchel. Peth arall, roedd Baladon i'r eithaf pellaf o Laisong, lle'r oedd Ilangle ac Isuongle'n byw. Chaem ni ddim cyfle i weld llawer ar y ddwy ferch, a oedd wedi dod i olygu cymaint i ni, unwaith y byddem wedi symud i droed y Bryniau.

'Hen dro'n bod ni'n gorfod mynd i lawr i'r Gwastadedd 'na!' oedd adwaith Williams. 'Ond a bod yn deg, dwn i ddim beth arall fedrai'r Cyrnol ei wneud yn yr amgylchiadau. Roedd ganddo fo ddigon o reswm i'n symud ni'n glir allan o'r cylch a'n gyrru ni i ben draw'r India, i Bangalore neu Bombay neu rywle felly. Mi fasa Wilkins wedi'n trin ni'n llawer gwaeth petai o'n fyw.'

Gwaethygu wnaeth pethau ar ôl i ni'n dau a'r Gwrcas fynd i Baladon. Ffyrnigodd yr ymladd rhwng y Nagas a'r Cwcis. Llosgwyd amryw o bentrefi Cwci yn ardal Nenglo a chafodd y fyddin ei dal mewn trap wrth ymlid y llosgwyr, pan arweiniwyd y milwyr i gors. Collodd nifer mawr o Sikhiaid a gwŷr y Pynjab eu bywydau. Roedden nhw'n dal i geisio ffordd allan o'r gors pan ddaeth y nos ar eu gwarthaf. Gwaith hawdd i lanciau Naga, a adwaenai'u hardal, oedd llithro i mewn ac allan o'r gors fel y mynnent a thrywanu'r *sepoys* yn y gwyll.

Rhyfel fel'na oedd o. Caem gyfnodau tawel ac wedyn ymladd ffyrnig am fis neu ddau. Ond roedd pethau'n dawel iawn ar bwys y Gwastadedd, lle'r oeddem ni. Cafodd Williams a minnau gyfle i ymweld â rhai o'r Gerddi Te, a chael croeso mawr a gweld moethau bywyd y planhigwyr te, oedd mor wahanol i fywyd caled milwr. Roedd cael aros mewn byngalo moethus, lle'r oedd dŵr yn ffrydio allan o'r tap, a thŷ bach modern a gwyntyll drydan, yn amheuthun i ni oedd wedi byw cyhyd mewn barics bambŵ ac wedi arfer gwersylla yn y jyngl ar ein teithiau aml. Yn wir roedd Williams yn ei ffansïo'i hun fel planhigydd te!

'Hidiwn i ddim ddod allan i'r cylch yma fel planhigydd te pan fydd fy nhymor i yn y fyddin drosodd', fyddai ei eiriau. 'Mi roeddwn i'n dipyn o giamlar ar dyfu pethau, fel y gwyddost ti, pan oeddwn i gartra. Rydw i'n siŵr y medrwn i wneud fy marc fel rheolwr Gardd De allan yma.'

'Ac mi fasat yn boddi mewn arian!' meddwn innau. 'Mi fasat ti yn medru cadw Isuongle mewn sidan a pherlau a bwyta cig *mithan* i ginio bod dydd Sul!'

Yn wahanol i'r syniad cyffredin am Ewropeaid sy'n byw yn India, doedd dim byd snobyddlyd ynglŷn â'r rhelyw o'r planhigwyr te. Albanwyr oedd y mwyafrif ohonynt yn tarddu o blith pobl gyffredin a llawer ohonynt yn bobl cefn gwlad. Cwmnïau Albanaidd hefyd oedd rhai o'r cwmnïau te mwyaf yn y cylch a chanddynt ddwsin neu fwy o Erddi Te a'r rheini bron yn ffinio ar ei gilydd. Roedd llawer o'r plahigwyr yn dod o'r un ardal ac yn perthyn i'w gilydd; byddai un aelod o'r teulu yn mentro allan i India i'r busnes te heb ddim profiad o'r diwydiant cynt, a phan lwyddai fel planhigydd byddai'n anfon am ei frodyr a'i gefndyr ac mewn dim amser byddai'r Gerddi'n un rhwydwaith o berthnasau fel rhai o bentrefi Cymru.

Buasai rhai Ewropeaid yn gwahaniaethu yn eu triniaeth o Sarjant fel Williams â dyn oedd yn swyddog fel fi, ond ni wnâi'r planhigwyr gwyn yng Ngerddi Te Cachar unrhyw wahaniaeth rhyngom ein dau; câi Williams a minnau yr un croeso brwd yng Ngardd De Baladon.

Caem hefyd ymweld â phentrefi o fewn ein cylch. Tlawd a di-addurn iawn oedd pentrefi'r Bengali, pobl y Gwastadedd, yn yr ardal ond roedd un pentre Casi, Harinagar, yn bentref glân a ffyniannus. Roedd yr orennau'n digwydd bod yn aeddfed ac yn hongian yn belennau aur ar y coed pan ymwelodd Williams a minnau â Harinagar. Cawsom ein llwytho â'r ffrwythau melys; basgedaid lawn bob un i ddychwelyd i'n barics yn Baladon. Ar ôl bod yno'r tro cyntaf, ymwelem â'r pentre'n gyson; roedd y croeso mor frwd, yn rhannol am fod mwyafrif y pentrefwyr yn Gristnogion fel ninnau. Deuai'r pentrefwyr i'n gweld yn aml yn y gwersyll ar yr Ardd De, a dod ag anrhegion lu i ni, cig baedd gwyllt—cig hyfryd difraster—a chig carw; ynghyd ag adar bach byw lliwgar mewn cewyll gwiail a mêl gwyllt, ac wrth gwrs, ffrwythau wrth y pwn. Doedden nhw'n poeni dim nad oedd gennym ni ddim i'w roi'n ôl iddyn nhw; ymhyfrydent mewn cael rhoi i ni.

Roedd Williams wedi gwneud strôc ymhlith pobl Harinagar trwy godi *dwytara*, offeryn Casi tebyg i'r gitâr, yn un o'r tai a llwyddo i chwarae tôn arno ar yr ymgais gyntaf.

'Ddwedes i ddim wrthat ti 'mod i'n hen law ar ganu'r banjo, naddo?' meddai wrthyf yn ddiweddrach. 'Mae'r *dwytara'n* cael ei diwnio'n union 'run fath â'r banjo 'doh-mi-soh-doh'. Mi ffeindiais i hynny'n syth. Roedd hi'n hawdd i Maestro Williams chwarae arno fo wedyn!'

Byddem weithiau'n mynd gyda Smith y rheolwr ar ei gylchdaith o gwmpas yr Ardd De i arolygu gwaith y gweithwyr. Cerddai rhwng wyth a deng milltir y dydd hyd lwybrau'r Ardd wrth ei waith. Fel roedd hi'n digwydd roedd tymor prysur y 'tynnu te' arnom a'r *coolies* allan yn deuluoedd ymhlith y llwyni; pob aelod o'r teulu o saith oed hyd tua deg a thrigain yn wŷr ac yn wragedd wrth y gwaith a'r gwragedd yn aml yn cario baban ar eu cefnau mewn lliain.

'Mae'ch pobl chi'n dywyll iawn eu crwyn o'u cymharu â'r Bengali a phobl y Bryniau,' meddwn wrth Smith.

'Ydyn,' atebodd yntau. 'Pobl wedi dod yr holl ffordd o Dde India ydi'r rhain. *Indentured Labour* ydyn nhw, hynny ydi pobl wedi arwyddo *bond* i wasanaethu am nifer arbennig o flynyddoedd ar delerau arbennig. Ar derfyn eu tymor maen nhw'n rhydd i ddychwelyd i'w hardal bellennig. Ond prin y bydd neb yn gadael. Erbyn diwedd eu tymor mi fyddan wedi cartrefu a magu cynefin newydd a fyddan nhw ddim yn chwennych newid. Ac ar y cyfan mae o'n fywyd hawdd; dydyn nhw ddim yn gweithio'n rhy galed ac maen nhw'n cael seibiant ar y gwyliau aml sydd gan yr Hindwaid (ac yn meddwi'n gorn ar wirod reis i ddathlu pa ŵyl bynnag fydd hi fel rheol) ac yn cael eu dognau bwyd gan yr Ardd ynghyd â phwt o dir i dyfu llysiau. Mae'n wir nad ydi eu cyflog nhw ddim yn fawr—rhyw rôt y dydd—ond maen nhw'n cael eu tai yn ddi-rent a'r rheini'n cael eu hadnewyddu bob rhyw dair blynedd ar gost yr Ardd.'

'Pam nad ydach chi'n codi tai parhaol iddyn nhw?' oedd cwestiwn Williams.

'Roeddan ni'n gwneud hynny ar un adeg,' oedd yr ateb 'ond roeddan nhw'n fwy afiach o lawer mewn tai o frics a tho sinc nag ydan nhw mewn tai o fambŵ a gwellt. A'r rheswm am hynny ydi bod y tai bambŵ'n mynd ar dân yn achlysurol a'r *germs* i gyd yn cael eu lladd yn y tân! Dydi hynny ddim yn digwydd efo tai brics.'

Roedd Williams mewn hwyliau holi. 'Pam rydach chi'n mynd i'r drafferth i gludo pobl yr holl ffordd o Dde India i weithio ar yr Ardd pan mae 'na ddigonedd o bobol yn y pentrefi Bengali ac ymhlith pobl y Bryniau wrth law. Fyddai rheini ddim yn gallu gweithio i chi?'

'Mae eisiau medr arbennig i weithio yn y te,' oedd ateb y rheolwr. 'Mae angen dwylo delicet fedr dynnu'r blaen-ddail oddi ar y llwyni. Mae pobl De India a phobl canolbarth India'n fwy addas i'r gwaith na Bengalis. Dyna pam rydan ni'n eu cludo ar draws gwlad i weithio inni.'

'Rydw i wedi cael trafferth mawr gyda'r mamau yma'n ddiweddar,' ychwanegodd. 'Fel y gwelwch chi, mae'r babanod yn cael eu cario ganddyn nhw ar eu cefnau. Pan fydd y baban yn mynd yn fawr, mae'n dipyn o faich i'r fam ei gario a defnyddio'i dwylo i dynnu'r te. Mi ddechreuodd rhai ô'r mamau cyfrwys roi tamaid o *opiwm* i'r babi i wneud iddo gysgu a'i roi i orwedd dan lwyn iddi gael hebgor y llafur o'i gludo ar ei chefn drwy'r amser. Ond mi frathwyd un o'r babanod gan neidar wenwynig ac fe fu farw ac fe gefais i wybod am yr arferiad ac fe fu 'na hen halibalŵ!'

'Faint o'r dail fyddwch chi'n eu tynnu oddi ar bob brigyn?' gofynnais.

'Dwy ddeilen a deilen flaen pob brigyn, ar gyfer y te gorau, ' meddai'r rheolwr. 'Ond mi fyddwn yn tynnu'r bedwaredd a'r bumed ddeilen ar gyfer te rhad, y te maen nhw'n ei gymysgu â dail eirin yn y basâr brodorol i wneud iddo fynd ymhellach!'

Ar ôl i ni fod i lawr ar Ardd De Baladon am bythefnos, penderfynodd Williams a minnau ymweld â phentref Naga Baladon. Medrem weld y pentref Naga o'r Ardd De, yn sefyll ar grib uchel uwchlaw i ni, ond am fod y tir mor serth, roedd y pentref daith diwrnod go dda o'r Gwastadedd, lle'r oeddem ni. Aeth yr olygfa a welem o lawr uchel y pentref â'n gwynt yn lân. Medrem weld ar draws y Gwastadedd eang hyd drumiau Hachchekh yn y de, ardal wyllt heb ei arloesi, lle'r oedd olew yn sgleinio ar wyneb pyllau'r goedwig, a mynydd sanctaidd yr Hindwaid, Bhubon, i'r dwyrain, ar ffin Manipur. Cawsom groeso mawr, a'n trin fel cyd-aelodau o'r llwyth gan y pentrefwyr. Ac i goroni'r cyfan, pwy oedd yno i'n croesawu ond Ilangle ac Isuongle! Sut y gwyddent fod Williams a minnau'n bwriadu mynd yno? Gofynnais iddynt, gan wybod beth a fyddai'r ateb. Ie, Gaidilŵ wedi'u hysbysu! Pa waeth? Roeddem wrth ein bodd o weld y ddwy a hwythau mor annwyl ag erioed; roedd Williams a minnau uwchben ein digon. Llifai afon lydan, ond heb fod yn ddofn, islaw pentref Baladon. Roedd ei dyfroedd fel y grisial. Ar ei glan ac yn ei dŵr y treuliodd Williams a minnau a'r ddwy eneth y rhan helaethaf o ddeuddydd, yn ymdrochi, diogi a bwyta pinafalau, heb ofal yn y byd.

Roedd Isuongle'n medru nofio fel sliwen; torchai a modrwyo yn y dŵr fel petai hi yn ei helfen. Ac roedd Williams bron cystal nofiwr â hi. Felly roedd y ddau yn aml yn y dŵr tra oedd Ilangle a finnau'n sgwrsio ar y lan.

Holai Ilangle fi am fy mywyd yng Nghymru:

'Faint o deulu ydach chi Dafydd?' gofynnodd.

'Dim ond Mam a Nhad a minnau,' atebais. 'Rydw i'n unig blentyn. Ond mae Williams yn un o chwech o hogiau, a phob un ohonyn nhw'n grymffastiau cryfion fel fo. Ddaru ti sylwi ar gyhyrau 'i freichiau fo?'

'Do, mi fydda i'n dweud o hyd mai Isuongle gafodd y fargen orau, cael cawr o ddyn yn bartnar. Roedd Getumseibe'n ddyn cryf hefyd!'

'Beth wyt ti'n geisio'i wneud, codi eiddigedd arna i?' Codais ar fy nhraed a'i chodi yn fy mreichiau a'i thaflu i'r dŵr. Daeth hithau allan yn wlyb diferol ar rhwbio'i dwylo gwlybion ar fy nghorff. Ac yna eisteddodd a syllu'n syn i'r dŵr a'i hwyneb fel wyneb delw. Roedd y cyfnewidiad sydyn ynddi'n syndod i mi. Un foment roedd hi'n llon a bywiog fel pilipala a'r nesaf roedd hi'n drist fel blodyn yn gwywo.

'Beth sy, 'nghariad i?' gofynnais iddi.

'Mae dydd y Zeme ar fin diffodd, Dafydd,' meddai. 'Mae'r hen ffordd o fyw yn dod i ben.' Ac yna ychwanegodd: '*Heruisiabe tingbe wang chang de lei* (Mae amser yr ysbryd drwg wedi dod).' Yna cuddiodd ei phen yn ei breichiau ac roedd y dagrau'n berlau ar ei gruddiau melfed.

'Beth sy, cariad?' gofynnais iddi eto. 'Pam y dagrau?'

Ond dim ond ysgwyd ei phen a sychu'r dagrau â'i braich wnaeth hi heb yngan gair ymhellach. Gwenodd a thynnu fy mhen ati a'm cusanu â'r fath angerdd nes mynd â'm gwynt yn lân . . .

Tawelwch o flaen storm oedd y saib hyfryd hon yn Baladon; roedd cymylau alaeth yn crynhoi uwch trumiau'r Barail. Fe sylweddolodd y ddau ohonom fod ffarwelio'r ddwy eneth yn fwy dwys nag arfer. Er ei bod yn groes i natur stoicaidd y Nagas iddynt ddangos eu tristwch, roedd wynebau llonydd y ddwy, lle disgwyliem weld gwên, a'u goslef wrth ddweud 'Ise bam bam lau' wrth ffarwelio yn fwy lleddf nag arfer.

'Ydan nhw'n gwybod mwy nag ydan ni, dywed?' gofynnodd Williams, fel roeddem ni'n dau yn mynd i lawr y llwybr serth o Baladon i gyfeiriad y Gwastadedd. 'Mae gen i deimlad anesmwyth fod pethau'n mynd i ffrwydro yn y rhan yma o'r byd, a bod y genod yn gwybod hynny.'

'Mi ddywedodd Ilangle beth rhyfedd wrtha i neithiwr, Williams,' meddwn innau. '*Heruisiabe tingbe wang chang de lei* (Mae amser yr ysbryd drwg wedi dod)'. Beth mae hynny'n ei olygu, dwn i ddim; wnâi hi ddim esbonio'i hun. Ond mae arna i ofn; ofn beth dwn i ddim.'

Roedd popeth yn dawel fel arfer yn y gwersyll ar yr Ardd De, a daethai gwahoddiad i Williams a minnau giniawa'r noson honno gyda'r rheolwr, oedd yn Albanwr i'r carn, serch ei enw, Smith. Amheuthun oedd inni gael gwledd mewn steil, ar ôl bod yn bwyta bwyd Naga am ddeuddydd oddi ar blatiau pren! Synnem mor wybodus oedd Smith; roedd ei wybodaeth gyffredinol yn anhygoel. Mentrais ofyn iddo sut roedd o'n gwybod cymaint am gymaint o bethau.

Cododd a mynd at gwpwrdd gwydr oedd yng nghornel yr ystafell a thynnu allan anferth o wyddoniadur. 'Dyma'r esboniad,' meddai. 'Rydw i wedi bod yn byw ar fy mhen fy hunan yn rhai o erddi te mwya diarffordd y Gwastadedd 'ma. Ac yn aml iawn doedd gen i ddim i'w ddarllen ond hwn pan oedd afonydd wedi gorlifo nes 'mod i wedi f'ynysu a'r papur newydd a chylchgronau'n methu cyrraedd a neb i sgwrsio ag o. Mi fyddwn yn pori yn hwn am oriau bwygilydd. Mi fedrwn i adrodd tudalennau ohono fo i chi; rydw i mor gyfarwydd ag o!'

'A sôn am ynysu,' ychwanegodd, 'ydach chi'n gwybod yr hanes hwnnw, Somerset Maugham rwy'n credu sy'n ei ddweud o, am un o fois y te oedd yn byw mewn Gardd anghysbell a dim ond yn cael y *Statesman,* papur Calcutta, yn fwndel unwaith y mis ac yn dodi'r papurau yn y bwndel mewn trefn fel bod ganddo bapur newydd i'w ddarllen wrth y bwrdd brecwast bob bore. Mi welodd yn y papur fod y Frenhines Fictoria'n wael iawn ac roedd o ar binnau i wybod oedd hi wedi troi at wella neu wedi marw! Ond fe fygodd yr hen wron y demtasiwn i droi at 'bapur fory' megis i gael gwybod y gwir!'

Pan oeddem ni'n cerdded yn ôl i'n barics yn oriau mân y bore, gwelem fod gwawr goch i'r awyr i'r gogledd inni. Dyna gyfeiriad pentref Baladon! Cyn hir gwelem fflamau yn llamu i'r awyr.

'Mae hwn yn fwy na drysi bambŵ'n llosgi,' meddwn wrth Williams.

'Ydi,' cydsyniodd Williams. 'A barnu wrth liw'r fflamau mi faswn i'n dweud ei fod o'n dân sy'n cael ei borthi â pharaffin neu olew. Tybed oes a wnelo'r fyddin â'r tân?'

'Gobeithio bod y genod yn ddiogel.'

'P'run bynnag, fedrwn ni wneud dim i'w helpu nhw heno. Mi gym'rai oriau inni fynd yn ddigon agos i weld ai pentre Baladon sydd ar dân.'

'Mi awn ni i fyny'r allt ben bore fory i weld beth sy wedi digwydd.'

Felly y bu. Roedd Williams a minnau a'r Gwrcas ar y llwybr yn blygeiniol fore trannoeth. Erbyn canol y bore roeddem ni'n ddigon uchel i weld yn eglur mai pentref Baladon oedd wedi'i losgi; medrem arogli'r mwg a gweld pluen ohono'n dal i godi i'r awyr uwchben safle'r pentref. Erbyn inni gyrraedd, doedd dim ar ôl o'r pentref lle'r oeddem ni wedi bod yn westeion mor ddiweddar, dim ond pentyrrau bambŵ yn mudlosgi. A doedd dim enaid byw yn agos i'r lle, dim argoel o Naga na Cwci na gwŷr y fyddin. A dim anifail, dim cymaint â chi ar ôl. Fe fu'r Gwrcas yn chwilio'r adfeilion. Daeth Ram ataf a dweud:

'Rydan ni'n weddol siŵr mai'r Cwcis fu yma'n difa'r lle neithiwr. Fe gawsom hyd i nifer o gyrff Naga a'u pennau wedi'u torri; a dydi'r fyddin ddim yn torri pennau'i gelynion!'

Roedd hi wedi bod yn lladdfa fawr yno. Fe rifwyd dros hanner cant o gyrff, bob un â'i ben wedi'i dorri, ac i wneud pethau'n waeth roedd rhai plant bach wedi cael yr un driniaeth. A gwragedd. Mae'n siŵr bod y Cwcis wedi dod ar warthaf teuluoedd cyfan ac wedi'u llofruddio yn y fan, cyn iddyn nhw fedru deffro'n iawn o'u cwsg. Rhaid bod yr ymosodwyr wedi dod yn lladradaidd iawn, un ai hynny neu fod y gwarchodwyr wedi meddwi ac wedi mynd i gysgu.

'Mae Gaidilŵ wedi methu â gwarchod pentre Baladon, beth bynnag,' oedd geiriau Williams pan welodd o'r cyrff ym mhobman. 'Ac mi rydan ninnau wedi'n gyrru i'r ardal yma i rwystro'r Nagas rhag ymosod ar bobl. Hwyrach mai gwarchod y Nagas ddylen ni wedi'r cwbwl!'

Gofynnais i Ram wneud yn siŵr nad oedd Ilangle nac Isuongle ymhlith y meirw; doedd gen i ddim calon i fynd i archwilio'r celanedd fy hun, rhag ofn i mi ddarganfod cyrff y ddwy. Roedd Ram yn bendant nad oedd y ddwy eneth ymhlith y meirw er bod rhai o'r cyrff yn gyrff merched ifainc gosgeiddig.

'Y peth cynta y dylen ni'i wneud, mae'n debyg, ydi gyrru gair i ddweud wrth y Cyrnol beth sydd wedi digwydd yma,' meddai Williams.

'Byddai'n rheitiach inni fynd ein hunain i roi'r wybodaeth iddo fo,' meddwn innau. 'P'run bynnag, does dim llawer o bwynt inni ddychwelyd i'r Ardd De am rŵan; dydi hi ddim yn debygol y bydd y Nagas yn gwneud cyrch ar y Gwastadedd am dipyn ar ôl hyn. Maen nhw'n fwy tebyg o wneud cyrch ar bentrefi'r Cwcis yn dâl am yr hyn a wnaed yn Baladon.'

Cytunodd Williams, ac wedi inni wneud archwiliad

manwl o weddillion y pentref, dyma gychwyn dringo'r llwybr unwaith eto i'r Barail Uchel, ac i Hangrum.

Erbyn inni gyrraedd Hangrum cawsom ar ddeall fod y Barail yn ferw i gyd, pentrefi'n llosgi ymhob cwr: Tualpui wedi medru gwrthsefyll cyrch ffyrnig, ond wedi colli hanner ei bobl; gwŷr Leike, pentref Cwci arall, wedi gwneud cyrch ar Kepeloa, ond wedi cael eu bwrw'n ôl, a phobl Kepeloa, gyda chymorth mintai o *herangme* wedi taro'n ôl yn erbyn Leike ac wedi llosgi'r pentref hwnnw o gwr i gwr a gyrru'r pentrefwyr ar ffo. Roedd sôn yn ogystal bod mintai gref o Nagas yn casglu yn Impoi, gyda'r bwriad o losgi'r pentrefi Cwci yr holl ffordd i Hangrum, a herio'r garsiwn yn Hangrum hefyd o bosibl.

'Roedd hi'n sicr o ddod i hyn yn y diwedd,' oedd sylw Williams. 'Mae casineb wedi bod yn hel ar hyd y misoedd dwaetha 'ma fel casgl ar friw, a phob gweithred ar y naill ochor a'r llall yn ei wneud yn fwy llidiog. A dyma hi'n goelcerth go-iawn ar y Barail rŵan!'

Galwodd Delaney y swyddogion gwyn at ei gilydd i gael ein barn ynglŷn â beth y medrai'r fyddin ei wneud i rwystro cyflafan.

'Gresyn eich bod chi a Sarjant Williams wedi'ch clymu mor dynn wrth y Nagas,' meddai wrthyf fi. 'Roeddach chi ar delerau da efo'r Cwcis hefyd cynt. Petai'r berthynas honno wedi para, mi fasach yn medru cyfathrachu rhwng y ddwy ochor hwyrach. Ond erbyn hyn mae'r Cwcis wedi penderfynu eich bod chi'n pleidio'u gelynion; wnân nhw ddim gwrando arnoch chi rŵan. Yn wir, rydw i'n barnu eich bod chi'ch hunain mewn peryg oddi wrth y Cwcis bellach. Felly mae'n well i chi aros yn Hangrum ar hyn o bryd ac i swyddogion eraill arwain y Gwrcas ar sgawt hyd y Bryniau i geisio adfer trefn ac i gosbi'r Nagas lle bo angen hynny. Cofiwch mai'r Nagas ydi'r gwrthryfelwyr gwreiddiol. Helpu'r Cwcis ydi gwaith y fyddin yma.'

Roeddem ni i fod yn gaeth yn Hangrum am y presennol felly. Aeth Williams a minnau i lawr i'r tŷ ar waelod y clogwyn i edrych oedd Isamle'n gwybod rhywbeth o hanes Ilangle and Isuongle. Ond doedd Isamle ddim gartref; perthnasau iddi o bentref arall yn unig oedd yn ei thŷ, a wyddai rheini ddim ble'r oedd hi. Ac, yn rhyfedd iawn, doedd pentrefwyr Hangrum ddim yn gwybod dim am y trychineb oedd wedi goddiweddyd Baladon; doedd neb ohonynt wedi gweld neb o Baladon. Gorfu i Williams a minnau fodloni i aros yn Hangrum a disgwyl newydd pan ddeuai; doedd dim modd inni osgoi gorchymyn y Cyrnol i aros yn y pentref. Fodd bynnag roedd rhai o'r Gwrcas yn mynd ar batrôl gydag unedau eraill o'r fyddin. Siarsiais eu swyddogion brodorol i gadw'u clustiau'n agored, rhag ofn iddyn nhw glywed hanes y ddwy eneth Naga. Roedd amryw ohonynt wedi gweld y ddwy gyda Williams a minnau; byddent yn siwr o'u hadnabod os digwyddent eu gweld.

Dychwelodd y Gwrcas i Hangrum ymhen rhai dyddiau, wedi bod cyn belled ag Asalu. Roedd yr *Hafildar* Gwrca wedi gweld un o bentrefwyr Laisong ac wedi ei holi am Ilangle ac Isuongle ond ni wyddai neb ddim o'u hynt a'u helynt. A doedd Isamle byth wedi dychwelyd i Hangrum chwaith!

Dygodd y Gwrcas newydd brawychus inni; roedd y Nagas wedi casglu byddin fawr ac roedden nhw'n gorymdeithio o Impoi â'u bryd ar herio'r fyddin yn Hangrum. Cafodd y Cyrnol wybodaeth bellach am hyn gan ysbiwyr Cwci; roedd mintai arall yn dod o gyfeiriad Kepeloa ac yn disgwyl cael atgyfnerthiad o bentrefi ar ffin Manipwr a chyfarfod y fintai o Impoi yn Nenglo. Erbyn cyrraedd Hangrum byddai'r fyddin Naga yn un gref iawn, ond pa obaith oedd ganddyn nhw i gael goruchafiaeth ar ein lluoedd ni gyda'u gwaywffyn a'u cyllyll hirion a'u dyrnaid o ynnau?

'Beth sydd ar 'u pennau nhw?' gofynnai Williams. 'Does ganddyn nhw ddim gobaith mul o goncro'r fyddin ar *collision course* fel'na! Roeddan nhw'n llwyddo'n eithaf da wrth wneud cyrchoedd sydyn o'r goedwig a chilio'n ôl yr un mor sydyn cyn i'r fyddin gyrraedd; dyna'u dull naturiol nhw o ymladd ac mae'n gweithio'n dda am eu bod nhw'n nabod eu tiriogaeth mor drwyadl ac yn feistri ar deithio hyd lechweddau serth. Ond wynebu'r fyddin! Dyna'r peth olaf ddylan nhw'i wneud! Mi gân 'u saethu i lawr heb gyfle i daro'n ôl.'

Roeddwn i'n cytuno'n llwyr â fo. 'Well i un ohonon ni lithro allan o'r pentre 'ma wedi nos a mynd i'w cyfarfod nhw, a cheisio'u darbwyllo nhw, cyn iddyn nhw gyrraedd Hangrum, na fedran nhw ddim gwrthsefyll grym y fyddin wyneb yn wyneb fel'na.'

'Wyt ti'n meddwl y basan ni'n cael caniatâd gan y Cyrnol hwyrach i fynd i gyfarfod y Nagas i geisio'u perswadio nhw i wasgaru?' gofynnodd Williams.

'Prin y byddai fo'n caniatáu hynny,' atebais innau. 'Mi fydd yn siŵr o weld cynllun y Nagas i herio'r fyddin fel cyfle da iddo roi pen ar yr ymladd gwaedlyd cyson 'ma unwaith ac am byth ac arbed bywydau yn y pen draw. Na, mae'n well llithro allan o'r pentre heb i Delaney wybod.'

'Wel, os mynd, y ddau ohonon ni i fynd,' meddai Williams. 'Mi fyddwn yn yr un cwch wedyn os delir ni'n torri gorchymyn y fyddin!'

Doedd dim amser i'w golli. Cerddais i a Williams i lawr i'r rhan isaf o'r pentref a mynd trwy giât y pentref yn hamddenol fel petaem ni ddim ond yn mynd am dro bach cyn belled â gwaelod y bryn. Doedd dim golwg o'r Nagas yr holl ffordd i Nenglo. Troesom i mewn i'r pentref; roedd y lle'n ddu o Nagas arfog, bob un â'i waywffon yn ei law!

'Rhaid i ni lwyddo i'w perswadio nhw,' meddwn wrth Williams fel roeddem ni'n nesáu ar yr *hangseuki*. 'Dim ond hynny all achub y sefyllfa, a'n hachub ninnau hefyd rhag cael ein galw i gyfrif gan y Cyrnol.'

Agorodd y rheng arfog inni fynd i mewn i'r *hangseuki*. Yno ar y fainc o flaen y tân yr oedd arweinwyr y gwrthryfelwyr yn llymeitian eu cwrw reis. Syllodd pawb mewn syndod ar Williams a minnau, ond brysiwyd i roi mwgiaid o gwrw reis o'n blaen ninnau yn ôl arferiad croesawgar y Nagas.

Eglurais ein neges: 'Rydan ni wedi dod yma i erfyn arnoch chi i ymatal a mynd yn ôl i'ch pentrefi,' meddwn. 'Mae'r fyddin yn barod amdanoch chi yn Hangrum; maen nhw wedi cael gwybodaeth eich bod chi'n dod gan y Cwcis. Mi gewch eich lladd wrth y cannoedd, os ewch chi ymlaen i Hangrum.'

Cododd dadlau mawr yn eu plith. Roedd rhai ohonynt yn ddig am fod eu pentrefi wedi'u llosgi a'u merched wedi'u treisio gan y Cwcis, ac eraill eisiau dial ar y fyddin a thaflu'r Sikhiaid yn enwedig allan o'r Barail. Ond doedd neb yn barod i droi'n ôl!

'Ond eich lladd gewch chi!' meddwn wrthynt. 'Pa fudd fydd hynny i chi a'ch teuluoedd?'

'Chawn ni mo'n lladd!' meddent hwythau yr un mor bendant. 'Mi fydd Gaidilŵ yn ein gwarchod ni.' Roedd un yn gweiddi'n fwy croch na'r lleill hyd yn oed; pwy gebyst oedd o hefyd? Roeddwn i i fod i'w adnabod. Ac yna mi gofiais pwy ydoedd; Getumseibe, y tarw, wrth gwrs!

Doedd dim darbwyllo arnyn nhw. Roedd eu ffydd yn Gaidilŵ yn drech na dim perswâd y medren ni ei roi arnyn nhw.

12

Fe fu peth dadlau ymhlith yr arweinwyr beth i'w wneud â Williams a minnau, pa un ai'n gollwng yn rhydd ai'n cadw'n gaeth yn Nenglo nes byddai'r cyrch ar Hangrum drosodd. Roedd rhai o bobl Kepeloa'n bresennol. Dadleuai'r rhain ein bod ill dau wedi cael ein derbyn yn aelodau o lwyth y Zeme, ac felly nad oedd dim angen ein cadw'n gaeth. Ond barn y lleill oedd y dylid ein cadw yn

126

Nenglo, gan ein bod hefyd yn aelodau o'r fyddin. Yn y diwedd penderfynwyd cyfaddawdu a'n cadw yn Nenglo nes byddai'r cyrch drosodd. Doedd gen i ddim bwriad i aros yn gaeth yn hir; fe gawn hyd i ryw gynllun i ddod yn rhydd, os oedd modd yn y byd! Bodlonais i a Williams iddynt ein clymu â rhaffau. Er mawr lawenydd imi, rhoddwyd ni yng ngofal *mama* Ilangle, gyda gorchymyn iddo beidio â'n gollwng nes byddai'r cyrch ar Hangrum drosodd.

Cychwynnodd y rhyfelwyr Naga am Hangrum yn fuan ar ôl i'r wawr dorri. Mynnwn innau i'r hen ŵr ein gollwng yn rhydd yn fuan wedyn. Ond roedd o mor benstiff â mul! Bûm am awr yn gweithio arno, yn dweud mor ddig fyddai Ilangle wrtho os daliai ni'n gaeth yn hwy. Gwyddwn fod ganddo feddwl uchel o Ilangle. O'r diwedd cytunodd i'n rhyddhau. Torrodd ein clymau â'i gyllell hir. Cychwynnodd Williams a minnau'n ddi-oed am Hangrum.

'Beth ddwedodd ewyrth Ilangle wrthat ti am y genod?' gofynnodd Williams.

'Dweud ddaru o bod y genethod wedi dianc o Baladon yn ddiogel y noson y rhoddwyd y pentre ar dân, a'u bod nhw wedi galw yn Nenglo ar eu ffordd adref i Laisong. Ond does neb yn gwybod ble'r aethon nhw wedyn. Yr unig beth sy'n siŵr ydi na ddaru nhw ddim cyrraedd Laisong.'

'Peth od, yntê? Ble arall fasan nhw'n mynd? Oes rhywun o Kepeloa neu Impoi neu Asalu wedi'u gweld nhw, tybed?'

'Nac oes, neb! Maen nhw wedi diflannu'n llwyr. Mi holodd yr hen ŵr bron bawb oedd wedi dod i Nenglo. Doedd neb wedi gweld argoel o'r ddwy. Mae o'n meddwl eu bod nhw wedi mynd i fyny i Fryniau'r Naga, neu groesi i Manipur. Ond does ganddo ddim syniad pam y bydden nhw'n mynd i'r naill le na'r llall. Mi ofynnais iddo ynghylch Isamle hefyd; does neb wedi'i gweld hi ers rhai dyddiau.'

'Mae'n rhaid eu bod nhw ar ryw berwyl cyfrinachol iawn,' oedd barn Williams, 'neu fe fasan wedi cysylltu â ni.'

Gwyddwn na fyddem yn gallu cyrraedd Hangrum cyn i'r fintai Naga gyrraedd yno, er inni frysio. Roeddent wedi mynd i mewn i'r pentref erbyn i ni nesáu at y lle.

'Mae'n well inni fynd i mewn dros y gamfa-gefn,' meddwn wrth Williams. 'Dydw i ddim yn ffansïo dod wyneb yn wyneb â Getumseibe a'i griw.'

O ben uchaf y pentref gallem weld yr holl le. Ac roedd yr olygfa'n un frawychus: y fyddin oddi tanom wedi ei gosod yn rhengoedd mewn trefn ar gyfer brwydr a'u magnelau a'u gynnau'n anelu at waelod y pentref. A'r fan honno y tyrfaoedd Nagas arfog yn tindroi ac yn gweiddi bygythiadau a chwifio'u gwaywffyn yn herfeiddiol ar y milwyr uwchben. Roedd y sŵn a ddeuai o lawr y pentref yn fyddarol. Ond dim ond gorchmynion siarp a sŵn cyweirio gynnau oedd i'w glywed o wersyll y fyddin.

Yn sydyn gwaeddodd un o'r Nagas yn groch '*Hang lau* (Dowch i fyny),' uwchlaw'r dwndwr. Dechreuodd rhai ohonynt ddringo'r clogwyn oedd rhyngddynt a'r milwyr. Ymhen ychydig eiliadau roedd y clogwyn yn ddu o ryfelwyr yn dringo i geisio cael at wŷr y fyddin.

Clywn lais y Cyrnol yn gweiddi gorchymyn. Atseiniwyd y gorchymyn gan y biwgl, a thaniwyd cawod o ergydion i lawr i gyfeiriad y dringwyr. Gwyddwn yn reddfol mai tanio dros eu pennau i ddychryn y Nagas oedd y bwriad gyda'r ergydio cyntaf. Ond, yn hytrach na dychryn, ymwrolodd y Nagas, gan gredu na fedrai'r bwledi wneud niwed iddyn nhw. Clywn nhw'n gweiddi ar ei gilydd:

'Mae Gaidilŵ'n ein gwarchod. Fedr y bwledi mo'n taro ni!'

Seiniodd y biwgl eto a dyma'r gynnau'n tanio eto a'r sŵn yn atseinio dros y cwm. Y tro hwn syrthiodd y Nagas wrth y dwsinau. Roedden nhw'n cwympo oddi ar y graig yn union fel afalau'n disgyn pan fo rhywun yn ysgwyd y pren.

Cododd gwaedd o arswyd o waelod y pentref. Ffodd y gweddill o'r *herangme* blith draphlith i gyfeiriad y giât. Roedd asgwrn cefn y gwrthryfel wedi'i dorri ag un ddyrnod, a'r fyddin wedi cael goruchafiaeth lwyr! Ymhen deng munud roedd llawr y pentre'n wag ac eithrio ambell druan anafus yn ceisio ymlwybro'n gloff allan ac am adref.

Gorchmynnodd y Cyrnol i'w wŷr beidio â saethu rhagor o ergydion ac ni cheisiodd neb ymlid y ffoaduriaid neu buasai'r lladdfa wedi bod yn llawer gwaeth. Gwyddai'r Cyrnol a ninnau bod diwedd y gwrthryfel yn y golwg.

Rhyfeddwn fod pethau wedi digwydd mor ddisymwth. Ar ôl y misoedd o sgarmesoedd ledled y Barail, doedd dim ond angen un gwrthdrawiad wyneb yn wyneb i chwalu'r gwrthyfel yn yfflon! A doedd y Nagas druan ddim wedi tanio ergyd, hyd y gwyddwn, nac wedi medru dod o fewn tafliad gwaywffon i'w gelyn!

Roedd rhan isaf Hangrum yn garnedd, effaith y bwledi a'r magnelau, a dim ond pentwr o lanast ble'r arferai tŷ Isamle fod. Yn wir doedd dim argoel fod y Nagas wedi bod yn byw yn y pentref erioed ac eithrio'r cerrig beddau rhwth oedd yn sefyll o flaen gweddillion y tai. Roedd cafn y pentref wedi ei dyllu'n rhidyll, ond yn rhyfeddol, roedd y beipen ddŵr fambŵ'n gyfan a'r dŵr yn dal i ffrydio ohoni.

Ysgydwodd Williams ei ben yn drist uwch yr olygfa.

'Mae'n bechod fod hyn wedi digwydd,' meddai. 'Fydd y lle 'ma byth yr un fath eto. Roedd pobol Hangrum yn bobol mor hapus er gwaetha'r rhyfel, yn byw un dydd ar y tro, ac yn medru bwrw pryder i ffwrdd mor hawdd. Roedden nhw fel plant yn chwarae rhyfel. Ond mae realiti wedi'u goddiweddyd nhw bellach. Nhw a gweddill y llwyth!'

Casglwyd y cyrff meirwon yn bentyrrau ar lawr y pentref o flaen y fan lle bu'r *hangseuki*. Roedd Nain Singh wedi eu cyfrif ac yn cael y cyfanswm yn dros bum cant. Roedd cyrff nifer o ferched ifainc yn eu mysg hefyd ond mi wnes yn siŵr nad oedd Ilangle na Isuongle nac ychwaith Isamle yn eu mysg. Cafwyd hyd i henwr Naga yn rhywle a'i gyrchu i edrych ar y cyrff. Roedd o'n eu hadnabod ac roedd yn bwysig ei fod yn abl i ddweud wrth eu teuluoedd pwy oedd wedi syrthio yn y lladdfa yn Hangrum. Bu bron i Williams dorri i lawr pan welodd gorff plentyn bach yn gorwedd yno â melin wynt fambŵ yr oedd o, Williams wedi ei wneud iddo, yn dal yn ei law . . .

Gofynnodd Delaney imi beth oedd i'w wneud â'r cyrff: 'Beth ydi arfer y Zemes? Claddu neu losgi'r cyrff neu beth?'

'Eu claddu o fewn y pentre,' atebais innau. 'Mi ddaw offeiriad y pentre i arwain eu hysbrydoedd nhw i gyd allan o'r pentre ar ddiwedd y flwyddyn, rhag iddyn nhw lynu o gwmpas y fan lle mae'u cyrff nhw wedi'u claddu, ac aflonyddu ar y pentrefwyr. Tan hynny mae'r ysbryd yn stelcian yng nghyffiniau'r bedd!'

Claddwyd y cyfan ohonyn nhw mewn un bedd mawr ar bwys y fan lle'r oedd tŷ'r dynion gynt, a gosod clamp o garreg i nodi'r fan. Roedd amryw roeddwn i'n eu hadnabod ymhlith y meirwon, gan gynnwys Getumseibe a'r dyn oedd wedi trin y croen i Miles. Ond doedd pennaeth Hangrum ddim yn eu plith. Hwyrach y medrai gasglu ei ddyrnaid gweddill o bentrefwyr ynghyd ac ailgychwyn bywyd yn Hangrum eto.

Ddywedais i ddim wrth y Cyrnol bod Williams a minnau wedi gadel Hangrum yn groes i'w orchymyn; ni welwn bwrpas mewn dweud. Mae'n amlwg nad oedd o wedi sylweddoli ein bod wedi bod yn absennol.

Chwarae teg iddo, roedd o'n drist iawn am yr hyn oedd wedi digwydd. Edrychodd ar y pentwr cyrff cyn i'r Gwrcas eu claddu a dweud:

'Mae'n bechod o beth fod y fath wastraff o fywydau ifainc wedi gorfod digwydd. Mi fyddai'n well o lawer gen i petai'r gwrthryfel wedi edwino'n naturiol, fel roedd hi'n ymddangos ei fod o ychydig wythnosau'n ôl. Ond hwyrach bob popeth wedi digwydd er lles yn y pen draw. O leia fe ddysgodd y penboethiaid ymhlith y Nagas na fedren nhw ddim diystyru awdurdod y fyddin. Gresyn i'r wers gostio cymaint mewn bywydau. Ond rhaid talu am wers gwerth ei chael bob amser!'

'Beth ydi'ch cynlluniau chi rŵan?' gofynnais iddo.

'Ffeindio Gaidilŵ a'i gyrru hi i garchar tu allan i'r Bryniau hyn,' oedd yr ateb. 'Mi fydd hynny'n ddigon i roi pen ar y gwrthryfel am byth, gobeithio.

Aed trwy'r pentrefi Naga gyda chrib fân mewn ymgais i gael hyd i gynifer o arweinwyr y gwrthryfel ag y gallem i'w hanfon i garchar. Daliwyd tri neu bedwar o'r rhai mwyaf blaenllaw. Cefais i'r gwaith o fynd â nhw dan osgordd gref i'r Gwastadedd i Silchar. Doedden nhw'n poeni dim eu bod nhw'n mynd i ddioddef blynyddoedd o garchar! Fel y dywedodd Williams:

'Maen nhw'n union fel criw o hogiau'n mynd ar drip Ysgol Sul!'

Gofynnais i un ohonynt: 'Pam rydach chi i gyd mor hwyliog?'

'O, mi aiff yr amser yn fuan iawn,' meddai. 'Cyn pen dim mi fyddwn yn dychwelyd i'r Barail at ein teuluoedd, ac fe ddaw Gaidilŵ'n ôl i'n harwain ni'.

'Sut rwyt ti'n dweud hynny?'

'Mae hi wedi addo, os digwyddith rhywbeth i'n chwalu ni, y daw hi'n ôl i'n harwain ni ar ôl cyfnod o dawelwch. Yr *heruisiabe* sydd wedi ennill dros dro. Ond fe ddaw twrn Gaidilŵ eto.'

Pan gyrhaeddodd ein cwmni Silchar, aethom â'n carcharorion i'r carchar lleol i'w cadw hyd nes y dedfrydid hwy. Siediau hir a tho sinc arnynt oedd wardiau'r carchar a blociau sment yn rhesi ar bob ochr: dyma welyau'r carcharorion. Er mor galed oedd y blociau byddent yn well i gysgu arnynt na gwely esmwyth yng ngwres llethol Silchar.

Aeth Williams a minnau i'r *cantonment* a chael lle i aros yn y barics yno. Roedd nifer o swyddogion Prydeinig yno, a phob un yn fawr ei ddiddordeb yn y gwrthryfel ymhlith y Nagas ac yn chwilfrydig ynghylch ei arweinydd.

'Sut un ydi'r Gaidilŵ 'ma?' gofynnent. 'Mae rhai'n dweud ei bod hi'n ferch hardd. Ydach chi wedi'i gweld hi? Mae'n rhaid ei bod hi'n ferch arbennig iawn i gael cymaint o ddylanwad ar ei dilynwyr!'

Wrth gwrs roedd yn rhaid i Williams a minnau gyffesu nad oeddem erioed wedi gweld Gaidilŵ, hyd y gwyddem, ac felly na fedrem ddweud sut un oedd hi.

Fore trannoeth pwy ddaeth i mewn i'r barics ond Lefftenant Miles, oedd wedi bod gyda ni yn Hangrum. Roedd ganddo newydd syfrdanol:

'Rydw i newydd ddod â Gaidilŵ i mewn i gael ei phrofi,' meddai. 'Mi gefais i drafferth melltigedig i gael gafael arni hi. Ond yn y diwedd mi ddaliais hi yn un o bentrefi mwyaf pellennig yr Angami Nagas ym Mryniau'r Naga. Ac mi lwyddais i ddod â hi yr holl ffordd i Silchar heb anghaffael. Mae hi yn y carchar yma bellach efo'r arweinwyr eraill. Fasach chi byth yn credu y medrai merch mor ddiolwg â honno achosi cymaint o drwbwl!'

Roedd Williams a minnau'n fud gan syndod. Sut y medrai bagad o filwyr drechu un oedd yn meddu ar y fath alluoedd rhyfedd?

'Wyt ti'n siŵr mai Gaidilŵ rwyt ti wedi'i dal?' gofynnais i Miles.

'Yn berffaith siŵr, 'atebodd yntau. 'Mae hi'n cyffesu'n agored mai hi ydi Gadidilŵ.'

'Wel, mi hoffwn i ei chyfarfod,' meddwn.

'Ar bob cyfri,' meddai Miles. 'Mi ddo i gyda thi i'r carchar fory.'

Roedd fy nghalon i'n curo'n gyflym fel y cerddem i fyny'r rhiw at y carchar yn Silchar drannoeth. Pwy gawn i yno? Isamle, neu Ilangle ynteu Isuongle? Neu'r hen wraig o ffordd Nenglo hwyrach?

Cerddodd y tri ohonom rhwng y rhesi blociau concrit, i lawr y sied hir, gan ddal ein hanadl oherwydd y drewdod a godai o gyrff y carcharorion; doedd ganddynt ddim cyfleusterau i ymolchi'n drwyadl—dim ond un tap dŵr ar gyfer llond sied o tua chant ohonynt. Tu draw i'r sied roedd y celloedd unigol, ystafelloedd cadarn yn farrau i gyd ac yn llwyd dywyll. Safodd Miles a'r ceidwad o flaen un o'r rhain a galw ar Gaidilŵ i ddod at y barrau. Hyd yn oed yn yr hanner-gwyll gwelwn nad oedd y wraig a ddaeth at y barrau yn debyg o gwbl i Isamle nac Ilangle nac Isuongle! Doedd hi ddim yn debyg hyd yn oed i'r *gechipai*, hen wraig y tlysau! Merch gyffredin iawn yr olwg oedd hon a dim sbarc yn ei llygaid; doedd hi ddim yn arbennig mewn unrhyw ffordd. Ac roeddwn i'n berffaith sicr nad oeddwn i erioed wedi ei gweld o'r blaen. Doedd hithau chwaith ddim yn rhoi'r argraff ei bod hi'n adnabod Williams a minnau.

'Wyt ti'n berffaith siŵr mai hon ydi Gaidilŵ?' gofynnais i Miles unwaith eto.

'Does gen i ddim rhithyn o amheuaeth am hynny,' atebodd yntau. 'Heblaw ei bod hi'n addef mai hi oedd tu ôl i'r gwrthyfel Naga, mae 'na bethau eraill sy'n cadarnhau ei chyfaddefiad hi ei hun mai hi ydi Gaidilŵ. Kabui Naga ydi hi ac nid Zeme. Mae gynnon ni brawf o hynny. Ac mae gynnon ni dystion mai gŵr hon a grogwyd pan ddechreuodd y gwrthyfel; dynion oedd yn ei nabod o ac yn ei nabod hi.'

Trois at y ferch a siarad â hi yn yr iaith Zeme. Gofynnais iddi ai hi oedd Gaidilŵ. '*Eu lei* (Ie),' atebodd. Doedd hi ddim yn ynganu'r geiriau Zeme fel un o'n Nagas ni chwaith. Arlliw o oslef wahanol hwyrach. Holais hi ymhellach. Doedd hi ddim yn deall fy ngeiriau'n rhy dda. Ac eto dôi rhyw olwg i'w llygaid weithiau oedd yn f'atgoffa o'r *gechipai*!

'Beth wyt ti'n ei feddwl?' gofynnais i Williams. 'Wyt ti'n meddwl mai Gaidilŵ ydi hon?'

133

'Wel, yn un peth dydan ni erioed wedi gweld Gaidilŵ i fod yn berffaith sicr ohoni. Ac yn ail, os oes gan Gaidilŵ y gallu i newid ei ffurf, fel mae'n profiad ni'n awgrymu, mi all hon fod yn Gaidilŵ. Peth rhyfedd iawn hefyd na fyddai hi'n rhoi rhyw arwydd inni, os mai hi ydi'r un sydd wedi bod yn gofalu amdanon ni mor ddiwyd y misoedd diwetha 'ma! Dydi hon ddim yn ymddwyn fel petai hi'n ein nabod ni o gwbwl.'

Dywedais wrth Miles ein bod yn amheus iawn ai hon oedd Gaidilŵ. Yn ddigon naturiol gofynnodd:

'Ydach chi wedi'i gweld hi erioed?'

'Naddo.'

'Wel sut yn y byd y medrwch chi ddweud nad Gaidilŵ ydi hon, ynteu?'

Doedd dim diben mewn dweud mai rhyw deimlad oedd gen i oedd sail fy marn ar y pwynt. Roedd Miles wedi ei argyhoeddi'n llwyr mai hon oedd Gaidilŵ. Ac roedd y ferch ei hun yn addef hynny, er y golygai flynyddoedd o garchar iddi.

Dyfarniad y Barnwr yn y prawf a gynhaliwyd ar y Nagas y diwrnod hwnnw oedd bod yr arweinwyr i gael termau amrywiol o garchar o wyth mlynedd i ddeg. Ond roedd Gaidilŵ i gael carchar am ei hoes.

Gorchmynnodd ei symud hi i garchar Aijal, ar Fryniau Lwshai, i'w chadw'n ddigon pell i ffwrdd o'i thiriogaeth ei hun. Felly y bu; aethant â'r Gaidilŵ honedig i ffwrdd o Silchar drannoeth a chychwynnodd Williams a minnau a'r Gwrcas yn ôl am Fryniau Cachar a'r Barail.

13

Galwasom yn Laisong ar ein ffordd yn ôl i Hangrum, gan obeithio cael cip ar Ilangle ac Isuongle ond doedd neb yno'n gwybod dim o'u hanes. Galw yn Nenglo wedyn gydag ewythr Ilangle. Yr un ateb fan honno wedyn. Pan gyrhaeddasom Hangrum cawsom fod rhai o'r pentrefwyr yn dychwelyd drib-drab i'r pentref a buom yn holi'r rheini ynghylch Isamle gan nad oedd neb o'i theulu'n awr yn y pentref. Ond 'Chi me lei (Wyddon ni ddim),' oedd yr ateb bob tro. Roedd y tair merch fel pe baen nhw wedi diflannu oddi ar wyneb y greadigaeth!

Ar ôl inni fod yn Hangrum am ychydig wythnosau, dywedodd y Cyrnol wrthyf fod pethau wedi tawelu digon yn y Barail Uchel i gyfiawnhau galw'r milwyr oedd yn gwarchod y pentrefi'n ôl. Byddai angen cadw garsiwn yn Hangrum am gyfnod, wrth gwrs, i wneud yn berffaith sicr fod y gwrthryfel ar ben mewn gwirionedd ond tybiai ef y gellid tynnu'r rhan helaethaf o'r fyddin allan o'r Barail.

'Mae tân gwrthryfel wedi diffodd yn rhyfeddol o swta,' meddai. 'Dim ond carcharu Gaidilŵ oedd eisiau i ddwyn y Nagas at eu coed. A, wir, maen nhw wedi cael torri eu crib yn enbyd. Does dim sbarc ynddyn nhw mwy!'

Aeth Williams a minnau i lawr i'n barics ar yr Ardd De i hel ein paciau i adael y fro. Ar y ffordd yn ôl troesom i mewn i bentref Baladon. Roedd pum teulu wedi dod yn eu holau ac wedi codi tai dros dro yno. Rhyfedd oedd gweld pobl Baladon, oedd gynt ym mlaen y gad gyda'r gwrthryfel, yn hollol ddiasbri. Roedd y lle mor farwaidd â merddwr; doedd dim bloedd na chwerthiniad i'w glywed yno, ac yn sicr dim canu na dawnsio! Teimlwn fod disgrifiad y Cyrnol yn gywir; roedd y rhain yn sicr wedi cael torri eu crib, pawb ond un hen ryfelwr a ddylai hwyrach fod wedi ei gludo i lawr i'r Gwastadedd i'w garcharu. Doedd hwn ddim am roi ei wrthryfel heibio ar frys!

'*Gaidile ze mate mak se ningnui ngau gu lei* (Fe welwch chi Gaidilŵ eto cyn bo hir),' proffwydai.

Gan fod gennym ddigon o amser wrth law, a hithau'n bnawn braf, penderfynodd Williams a minnau fynd i lawr ar yr afon i bysgota am awr neu ddwy. Roeddwn i am ganolbwyntio ar y llyn lle'r oeddem ni a'r ddwy eneth wedi bod yn ymdrochi gynt, ond aeth Williams i lawr ymhellach at lyn addawol. Dyna lle'r oeddwn i ar fy mhen fy hun yn synfyfyrio a disgwyl am gynhyrfiad y lein. Yn sydyn digwyddodd y peth rhyfeddaf! Ymddangosodd wyneb Ilangle yn berffaith glir yn nrych y dŵr o'm blaen. Roedd hi'n gwenu arnaf ac yn syllu i'm hwyneb. Dwn i ddim a glywais i ei llais mewn gwirionedd; hwyrach mai darllen ei gwefusau wnes i; beth bynnag am hynny yr hyn ddywedodd hi oedd:

'*Mang î noe, Dafydd! Ningchu i sau dai ra mak lei* (Nos da, Dafydd! Wna i byth dy adael di).' Ac yna diflannodd y llun o'r llyn.

Roeddwn i wedi cynhyrfu'n arw. Beth ar y ddaear oedd hyn yn ei olygu? Oedd Ilangle wedi marw? Oedd hi'n ceisio cyfleu rhyw neges i mi trwy ei hymddangosiad?

Codais a mynd i fyny'r prysgwydd ar ochr y llyn rhag ofn bod Ilangle yn ymguddio yno yn rhywle ac yn chwarae tric arnaf. Ond doedd dim argoel ohoni nac unlle iddi i ymguddio mewn gwirionedd. Gwyddwn ynof fy hun nad oedd hi ddim yno.

Roeddwn i'n eistedd fel delw ar lan y llyn pan ddaeth Williams yn ôl a'i gawell yn llawn o bysgod. Edrychodd arnaf yn graff.

'Rwyt ti'n edrych fel dyn wedi gweld ysbryd!' meddai.

'Dwn i ddim p'run ai ysbryd ai be rydw i wedi'i weld,' atebais innau, a dweud beth oedd wedi digwydd.

Buom yn troi a throsi'r peth yn ein meddyliau am ddyddiau a rhyw dristwch llethol yn ein llenwi ni'n dau. A rhyw deimlad o golled anaele rywfodd! Pam roedd Ilangle wedi diflannu heb gymaint â gair o ffarwél? Ac os

136

rhywbeth roedd hi'n waeth ar Williams nag oedd hi arnaf fi; doedd o ddim hyd yn oed wedi gweld argoel o Isuongle er pan adawsom ni Baladon cyn y tân. O leiaf roeddwn i wedi gweld rhith Ilangle, os rhith hefyd . . .

Ymhen pythefnos roedd Williams a minnau'n gadael y Barail Uchel ac yn teithio i ben arall yr India, i'r 'Western Ghats', a hynny heb gael argoel o'r genethod Naga, er holi a stilio a chwilio amdanynt. Gadawodd y gweddill o'r fyddin yr ardal hefyd, a dychwelodd yr hen deuluoedd yn eu holau i Hangrum i fyw fel roedden nhw'n byw cyn i'r estron ddod a meddiannu rhan o'r pentref.

Un dydd roedd Williams a minnau wedi mynd i Bombay am wythnos o saib ac yn aros mewn gwesty Ewropeaidd yn Kolaba. Mynd i eistedd i lawr i frecwast yr oeddem ni pan ddaeth un o'r gweision a pharsel bach bob un inni. Doedd ganddo ddim syniad o ble y daethai'r parseli—rhyw ddyn oedd wedi eu rhoi iddo a pheri iddo'u rhoi i ni. Pan agorodd y ddau ohonom ei barsel dyna lle'r oedd pleth o edafedd cotwm wedi ei lliwio'n goch, un i mi ac un i Williams! Dim gair oddi wrth bwy, nac unrhyw ymgais i esbonio'r rhodd. Ond doedd dim angen esbonio. Roeddem yn gwybod yn dda o ble roedd yr edafedd wedi dod, a'i arwyddocâd!

EPILOG

Aeth Williams yn ôl i India yn unol â'i fwriad pan orffennodd gyda'r fyddin. Bu yno'n rheoli Gerddi Te am gyfnod. Roedd o'n dal yno pan gafodd India'i hannibyniaeth. Gwyddwn mai'r gobaith o gwrddyd Isuongle eilwaith oedd yn ei gadw allan yno gyhyd. Ac er inni fynd i gerdded llwybrau gwahanol, daliem i ysgrifennu at ein gilydd yn achlysurol. Oddi wrtho fo y clywais y newydd fod Llywodreth India Rydd wedi ryddhau 'Gaidilŵ' o'r carchar ac wedi gwneud yn fawr o'i dewrder yn arwain gwrthryfel yn erbyn y Prydeinwyr. Cafodd bensiwn am ei hoes fel un o arwyr India, ac aeth yn ei hôl i fyw'n ddistaw a di-sôn-amdani mewn pentref yn Manipur. Ond er mynd i'r Bryniau'n gyson i chwilio hynt Isuongle chafodd o ddim newydd ymhellach ohoni. A diweddodd ei ddyddiau'n hen lanc.

Ond mae'r Nagas yn dal i ddisgwyl Gaidilŵ'n ôl i'w harwain! Ddaw hi, tybed?

Weithiau daw hiraeth mawr am Ilangle heibio i minnau. Bryd hynny byddaf yn tynnu'r bleth edafedd allan ac yn ei byseddu. Raid i mi ddim ond cau fy llygaid wedyn i fedru gweld Ilangle . . . Ydi, mae hi gyda mi o hyd!

GEIRFA

adage: gyda mi (Zeme Naga)

ap lok tik hai?: Ydach chi'n iawn? (Hindwstani)

asuîda: diolch (Zeme)

atcha: olreit (Hind)

basha: tŷ bambŵ (Bengali)

Boro Sahib: Yn llythrennol 'Y Sahib Mawr':
  Y Prif Ddyn (Hind)

bohut atcha Sahib: Sahib da iawn (Hind)

cwcri: cyllell y Gwrca (Nepali)

chau lau?: Pwy (Zeme)

dao: cyllell hir driongl llwythau'r Bryniau. Ni wn
  darddiad y gair.

deo-moni: enw ar fwclis arbennig, a geir fel rheol o feddau'r
  Asiemi. Ni wn darddiad y gair.

dwi-mukhi: enw neidr: dau-wyneb (Bengali)

eu lei: ie (Zeme)

Gaudile ze mate-mak-se ningnui ngau gu lei: Gwelwch
  Gaidilŵ eto cyn bo hir (Zeme)

gechipai: hen wraig (Zeme)

Gechime: Yr Hen Rai: Y Duwiau (Zeme)

getumsei: tarw (Zeme)

goulmal: trwbwl, terfysg (Bengali)

hangseuki: tŷ'r dynion. (Zeme)

Hafildar, Subedar, Naik: teitlau is-swyddogion yn y
  fyddin Indiaidd (Hind)

ham bohut kushi hai: Rydw i'n hapus, neu'n falch (Hind)

hegum: arth (Zeme)

henei: blaidd (Zeme)

herui-siabe: ysbryd drwg (Zeme)

herui-siabe tingbe wang chang de lei: daeth dydd yr ysbryd
  drwg

herangme: llanciau (Zeme)

hezau: diod drwchus sur a wneir â grawn milet (Zeme)

îse bam (bam) lau: da boch chi (Zeme)

139

Kachingpeu ki: 'Tŷ'r Hen Un: enw ar un o drumiau ucha'r Barail (Zeme)

kellum: cyfarchiad y Zeme Naga (Zeme)

kirpan: cleddyf y Sikh (Hind?)

kobordar: gwyliwch! (Hind)

khobor: newydd

Karap khobor: newydd drwg (Hind)

lal gola: enw neidr. Yn llythrennol 'gwddw coch' (Bengali)

lewseuki: tŷ'r merched ifainc mewn pentre Naga (Zeme)

mama: ewythr o ochr y fam, h. y. brawd i'r fam (Bengali)

mang î noe: nos da, yn llythrennol breuddwydiwch yn dda (Zeme)

makau: teigr (Zeme)

'mpeumi î lei: mae o'n ddyn da (Zeme)

mithan: '*Indian Bison*' (Hindi?)

ningchu i sau dai ra mak lei: 'Wna i byth mo'ch gadael (Zeme)

nullah: ffos ddofn (Hind)

pagla: dyn gwallgof (Hind)

pân: deilen werdd a gnoir gyda chneuen betel (Hind?)

pani: dŵr (Hind)

plantain: banana gwyllt (Saes?)

puja: addoliad (paganaidd) (Hind)

raj: yn llythrennol 'teyrnas'; defnyddir am yr Ymerodraeth Brydeinig yn India.

sepoy: milwr cyffredin yn y fyddin Indiaidd (Hind)

subedar: gweler *Hafildar*.

teu: gwneud, brifo, neu fwyta (Zeme)

tingrui: glaw; rui: glawio (Zeme)

wang: dod; *hang*: dod i fyny (Zeme)

zi: cig, neu enw (Zeme)

Nodiad: ynganer 'ch' fel y 'ch' yn 'China' yn yr ieithoedd Indiaidd. Mae 'm' yn sillaf yn yr iaith Zeme Naga.